イメージで読む源氏物語

田中順子　芦部寿江

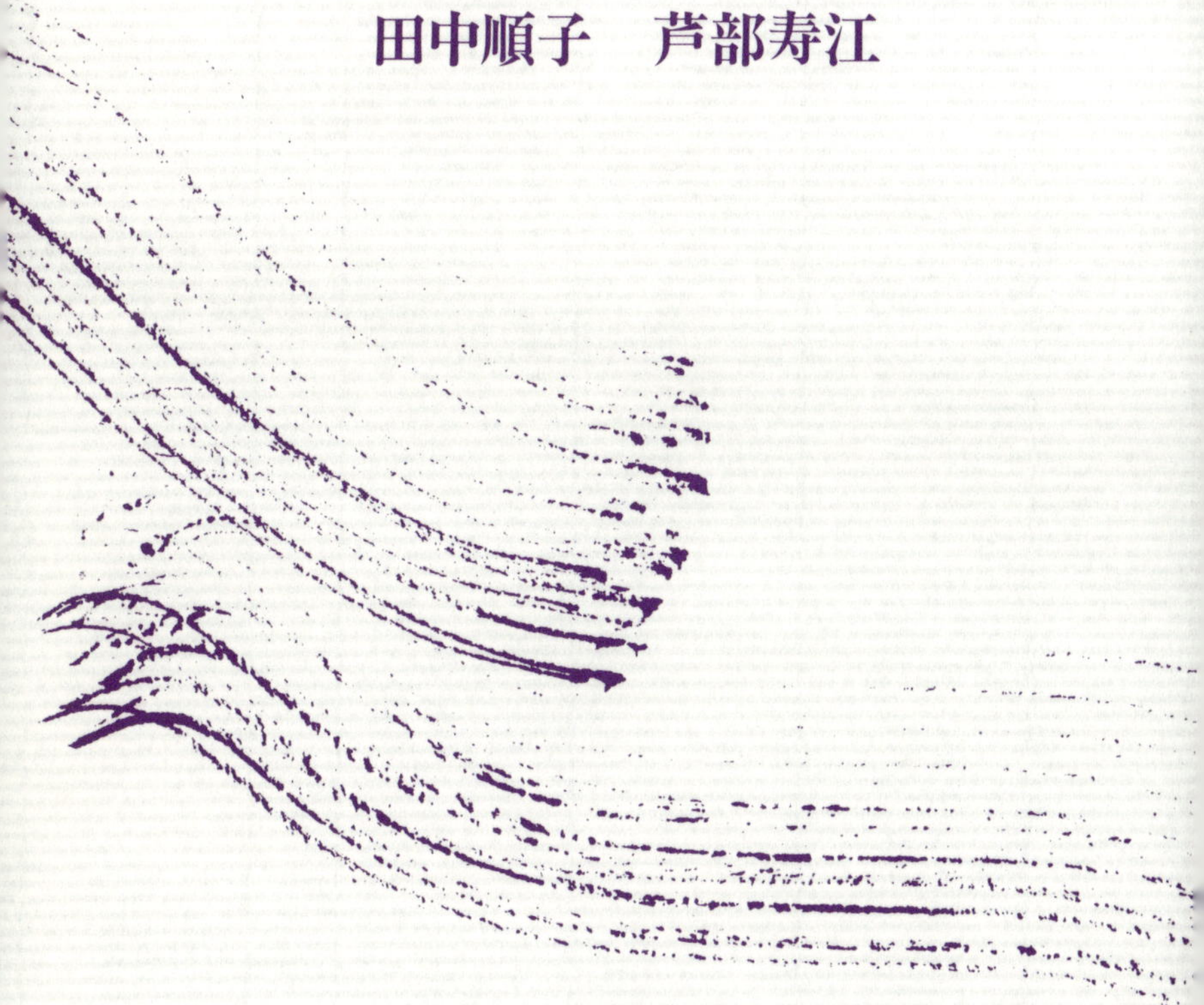

一莖書房

もくじ

若紫

若紫

北山療養

瘧病《わらはやみ》にわづらひたまひて、よろづにまじなひ加持《かぢ》など参らせたまへど、験《しるし》なくて、あまたたびおこりたまひければ、ある人、「北山になむ、なにがし寺といふ所に、かしこき行《おこな》ひ人《びと》はべる。去年《こぞ》の夏も世におこりて、人々まじなひわづらひしを、やがてとどむるたぐひ、あまたはべりき。ししこらかしつる時はうたてはべるを、とくこそこころみさせたまはめ」など聞こゆれば、召しにつかはしたるに、「老いかがまりて室《むろ》の外《と》にもまかでず」と申したれば、「いかがはせむ、いと忍びてものせむ」とのたまひて、御供にむつましき四五人ばかりして、まだ暁《あかつき》におはす。

やや深う入《い》る所なりけり。三月の晦日《つごもり》なれば、京の花ざかりはみな過ぎにけり。山の桜はまださかりにて、入りもておはするままに、霞《かすみ》のたたずまひもをかしう見ゆれば、かかるありさまもならひたまはず、所狭《ところせ》き御身にて、めづらしうおぼされけり。寺のさまもいとあはれなり。峰《みね》高く、深き巌《いは》の中にぞ、聖《ひじり》入《い》りゐたりける。上《のぼ》りたまひて、誰《たれ》とも知らせたまはず、いといたうやつれたまへれど、しるき御さまなれば、「あなかしこや。一日《ひとひ》召しはべりしにやおはしますらむ。今はこの世のことを思ひたまへねば、験方《げんがた》の行ひも捨て忘れてはべるを、いかで、かうおはしましつらむ」と、おどろき騒ぎ、うち笑《ゑ》みつつ見たてまつる。いと尊《たふと》き大徳《だいとこ》なりけり。さるべきもの作りて、すかせたてまつり、加持《かぢ》など参るほど、日高くさしあがりぬ。

源氏は《瘧病》にかかる。不意に悪寒がして身体が熱っぽくなる。毎日決まった時刻になると源氏はこうした発作に襲われた。《まじなひ》や《加持》を施す者を、八方手を尽くして呼び寄せ治療を試みたが、一向に効き目がない。源氏の弱り切った身体はなかなか病に打ち克つことができず、発作は《あまたたび》おこる。

困り果てていると、《ある人》が耳よりな話を持ち込んでくる。《北山》の《なにがし寺》という所に《かしこき行ひ人》がいて、去年の夏も人々を疫病から救ったというのである。どの《まじなひ》も効果がなく疫病は衰える気配を見せなかったが、この《行ひ人》はたちどころに抑えた。《とくこそこころみさせたまはめ》――一刻も早く源氏も診てもらうようにと熱心に勧める。

《ししこらかしつる時はうたてはべるを》と、《ある人》は源氏の病気が長引いているのを心配して忠告してくれる。「ししこらかす」は病気をこじらせるの意。完了のことば《つる》に、病気をこじらせてしまっては大変だという気持ちが籠る。

《行ひ人》は苦行を積んで法力を得た僧。学問を積み僧正、僧都などの官位を得て出世していく僧は、通常身分の高い家を専門に加持や祈祷を施す。《まじなひ》が効かずに苦しんでいた人々を大勢救ったという僧は、こうした上流社会に受け入れられている僧とは異なった生き方をしている人物である。

そういう評判に源氏は惹かれて、その僧を呼びに使者を遣わす。ところが僧は《老いかがまりて室の外にもまかでず》と、源氏の申し出を断ってくる。去年の夏、多くの人々を疫病から救った活発な僧が《老いかがまりて》と、ことさら老いを強調して応じようとしない。気が向かなければ相手が高貴な身分の人であろうと取り繕うことなく断る。僧の器の大きさを感じさせる断りのことばである。

僧が来てくれないとなればたとえ源氏であってもこちらから山奥の寺へ出向くしかない。しかし、病身の源氏が遠路山深い北山へ出かけることはかなりの冒険である。表沙汰になれば軽率な行動だと咎められるだろう。が、どうしてもその僧が気になる。《いかがはせむ》――源氏はどうしたものか迷う。結局、僧を尋ねることに決める。《いと忍びてものせむ》と身分を隠して出かけることにする。《御供》には身近に仕える四、五人だけを連れて、夜明け前の薄暗い時刻に旅立つ。

僧の籠っている庵は、北山の山々をやや奥へ入った所にある。三月の晦日（月の最後の日）なので、都の桜は見頃が過ぎてしまっていたが、山の桜はまだ盛んに咲いている。山に分け入っていくにつれて、霞のかかった山肌にうっすらと色づいた桜が所々に見え、何とも言えず美しい風情である。少数の供人と気軽に出かけることもままならない《所狭き》身の源氏には、このような遠出も新鮮で心の浮き立つことだった。

寺のたたずまいも周りの山々に溶け込んで山寺らしい趣がある。ひときわ高い峰の中腹に突き出た巌《いわお》の奥深くに、尋ねる《聖》は住んでいた。《聖》は徳の高い修行僧。源氏は岩屋を目指して峰を登り聖の元にたどり着く。源氏は素姓も明かさず、《いといたうやつれたまへれど》と、ひどく粗末な身なりに身をやつしていたが、身に備わった高貴な雰囲気は《しるき御さま》なので、相当の身分の人であることが自ずと知れる。

聖は《あなかしこや。一日召しはべりしにやおはしますらむ》と、過日呼ばれた源氏であることを一目で見破る。治療を請われて断ったあの源氏が山奥まで尋ねて来てくれた。さすがの聖も《あなかしこや》と恐れ多くて、畏まる。

しかし、だからといって自分の流儀を通すことにいささかの動揺もない。《今はこの世のことを思ひたまへねば、験方の行ひも捨て忘れてはべるを》と、とぼける。世を捨てて澄み切った境地にある自分の心情を何のてらいもなく飄々と語る。《験方》は加持や祈祷など現世の利益を目的とした行法。《いかで、かうおはしましつらむ》――わざわざどうして尋ねて来たのかと、ことばは素気ないが、聖は《おどろき騒ぎ、うち笑みつつ見たてまつる》と、興奮している。

俗世間には関心がなく、もっぱら仏道修行に打ち込んでいるはずの聖が、源氏に会って思わず平常心を失う。《おどろき騒ぎ》という強い感情の動きを表すことばから、聖の心が高ぶっている様が伝わる。聖は源氏の美しさに感じ入っている自分に気づいていない風で、うれしそうな笑みをたたえて源氏を見つめている。何ものにもとらわれない、その天衣無縫な聖の姿が、《いと尊き大徳なりけり》と源氏の目にいかにも尊く映る。《大徳》は徳の高い僧。《いと》《なりけり》という強意のことばから、源氏が聖と会って強い感銘を受けたことが伝わる。

こうして源氏は噂に名高い高徳の僧に対面し、治療を施してもらうことになる。大徳は早速、《さるべきもの》（護符）を作って、《すかせたてまつり》、《加持など参る》と、精力的に源氏の病気治療にあたる。《すかせ》の「すく」は飲み込む意。神仏の守り札を作って、病人に飲み込ませ、病を追い払うという治療法を試みているのである。

大徳は源氏に取り付いた病魔や物の怪《け》を追い払おうと呪文を唱え、祈りを捧げる。熱心に施すうちに、《日高くさしあがりぬ》という時刻になってしまった。《験方の行ひ》は《捨て忘れてはべる》と、とぼけながらも夜通し加持や祈祷に専心し、源氏を病から救おうとする大徳の姿が印象深く描かれる。

小柴垣の庵

すこし立ち出《い》でつつ見わたしたまへば、高き所にて、ここかしこ、僧坊《そうぼう》どもあらはに見おろさるる、ただこのつづらをりの下《しも》に、同じ小柴《こしば》なれど、うるはしうしわたして、きよげなる屋《や》、廊《らう》など続けて、木立《こだち》いとよしあるは、「何人《なにびと》の住むにか」

と問ひたまへば、御供なる人、「これなむ、なにがし僧都《そうづ》の、この二年《ふたとせ》籠《こも》りはべるかたにはべるなる」「心はづかしき人住むなる所にこそあなれ。あやしうも、あまりやつしけるかな。聞きもこそすれ」などのたまふ。きよげなる童《わらは》などあまた出で来て、閼伽《あか》たてまつり、花折りなどするもあらはに見ゆ。「かしこに女こそありけれ。僧都《そうづ》は、よもさやうにはすゑたまはじを、いかなる人ならむ」と、口々言ふ。下《お》りてのぞくもあり。をかしげなる女子《をんなご》ども、若き人、童女《わらはべ》なむ見ゆる、と言ふ。

君は行ひしたまひつつ、日たくるままに、いかならむとおぼしたるを、「とかうまぎらはさせたまひて、おぼし入れぬなむ、よくはべる」と聞こゆれば、後《しりへ》の山に立ち出でて、京の方《かた》を見たまふ。はるかに霞みわたりて、四方《よも》の梢《こずゑ》そこはかとなうけぶりわたれるほど、絵にいとよくも似たるかな。「かかる所に住む人、心に思ひ残すことはあらじかし」とのたまへば、「これはいと浅くはべり。人の国などにはべる海山《うみやま》のありさまなどを御覧ぜさせてはべらば、いかに御絵いみじうまさらせたまはむ。富士の山、なにがしの嶽《だけ》」など語りきこゆるもあり。また西国《にしぐに》のおもしろき浦々《うらうら》、磯《いそ》の上《うへ》を言ひ続くるもありて、よろづにまぎらはしきこゆ。

源氏は春の陽に誘われるように外に出て、岩屋の近くを歩きながら周囲の景色を見渡す。僧坊が谷のあちこちに点在しているのがはっきり見えて、高い所に来ていることがよくわかる。眼下には《つづらをり》の山道がはるか下の方まで続き、その先に端正な造りの庵が立っているのが、源氏の目に止まる。

　見事な垣根が庵を取り巻いている。他の僧坊と同じような小柴垣ながら、《うるはしうしわたして》、堂々たる構えを成している。垣の内には《きよげなる屋、廊》などが立ち並び、庭の《木立いとよしある》様も目を引く。

　源氏は山里にしては見ごたえある庵の様に惹かれて、供人に庵の主を尋ねる。供人は《なにがし僧都》が二年の間籠っている所だと言う。《僧都》は朝廷から賜る官位名で僧正に次ぐ高僧。都でも名の通ったその僧都を源氏も知っている。

　僧都の庵と聞いて源氏は《心はづかしき人住むなる所にこそあなれ。あやしうも、あまりやつしけるかな。聞きもこそすれ》と、正直なところを口にする。「心はづかし」は立派な相手に対して気兼ねがされる意。位の高い僧都がこんな山奥に住んでいたことに驚く。

　源氏は人目をしのぶ姿でここに来てしまったことが急に気になりだす。粗末な身なりで僧都に会うのは気まりが悪い。できることなら自分が来ているのを知られたくない。知られてしまったら会わないわけにはいかなくなる。そんな源氏の戸惑いが《聞きもこそすれ》の《もこそ》に込められている。《もこそ》はそうなっては困るという意。ここにいることを僧都の耳には入れたくない。

　そう思いながら源氏は庵から目を離さないでいると、《きよげなる童女》が大勢出てきて、仏前に水を供えたり花を折ったりしている。そのかいがいしく動き回る様子がここからも手に取るように見える。

源氏に付き添って共に庵の方を見遣っていた供人たちは、童女たちの出現に色めき立つ。あそこには童女たちにかしずかれている女がいるはずだ。《僧都は、よもさやうにはすゑたまはじを、いかなる人ならむ》と、供人たちは口々に言って下世話な好奇心を隠そうともしない。僧都がまさか妻を《すゑ》ているわけはない、だとしたら一体誰なのだろう。中にはわざわざ山道を下って偵察に繰り出す者がいる。その者が《をかしげなる女子ども、若き人、童女なむ見ゆる》と、他の供人たちに得意げに報告する。こうして供人たちは「庵の女」を巡って噂話に興ずる。

昼の勤行の時となり、源氏は自ら病気治癒を祈願して読経に励む。日が高くなるにつれ、また発熱の発作が起こるのではないかと、病状の急変を案じている。供人たちは、発作を恐れる源氏の不安を吹き払うように、《とかうまぎらはせたまひて、おぼし入れぬなむ、よくはべる》と進言する。

源氏は供人たちに言われるままに気分を変えて病を忘れようと、後方のもっと高い所に登って遥か京の方を眺める。今まで見たこともない景色が眼前に開けてくる。一面の春霞に芽吹き始めた木々の淡い緑が溶け合っている。その《四方の梢そこはかとなうけぶりわたれる》様が何とも美しい。

源氏は思わず《絵にいとよくも似たるかな》とつぶやく。源氏の頭には見慣れた山水画の情景が浮かぶ。あの絵にこれほど似た景色があったとは知らなかった。源氏はどうしても一幅の絵を見ているような気がしてならない。こんな所に住んで、存分に絵のような景色を味わえたらどんなにいいだろうか。

供人たちは、病のことなど忘れたように山の景色に心を奪われている源氏の様子を見てうれしくなる。供人の一人が《これはいと浅くはべり》と、得意そうに口をはさんで、さらに源氏の気を引こうとする。この程度の景色は驚くに値しないと言いたげである。

供人たちは上の品で窮屈に暮らす源氏と違って、《人の国》——都から離れた地方の事情にも通じている。《人の国などにはべる海山のありさまなどを御覧ぜさせてはべらば、いかに御絵いみじうまさらせたまはむ。富士の山、なにがしの嶽》などと、絵になりそうな所を数えたてて源氏の気持ちを広い世界へと誘う。絵心の深い源氏が他国の珍しい景色を見たら絵も上達するに違いないと供人は心底思う。

また別の供人が競うように西国の海の《おもしろき浦々、磯の上》を語っては、源氏を様々に慰めるのだった。

明石入道

「近き所には、播磨《はりま》の明石《あかし》の浦こそ、なほことにはべれ。何の至り深き隈《くま》はなけれど、ただ海の面《おもて》を見わたしたるほどなむ、あやしく異所《ことどころ》に似ず、ゆほびかなる所にはべる。かの国の前《さき》の守《かみ》、新発意《しぼち》の、女《むすめ》かしづきたる家、いといたしかし。大臣《だいじん》の後《のち》にて、出で立ちもすべかりける人の、世のひがものにて、まじらひもせず、近《こ》衛《の》《ゑ》の中将を捨てて、申し賜はれりける司《つかさ》なれど、かの国の人にもすこしあなづられて、『何の面目《めいぼく》にてか、また都にも帰らむ』と言ひて、頭《かしら》もおろしはべりにけるを、すこし奥まりたる山住みもせで、さる海《うみ》づらに出でゐたる、ひがひがしきやうなれど、げに、かの国のうちに、さも人の籠《こも》りゐぬべき所々はありながら、深き里は人ばなれ心すごく、若き妻子《さいし》の思ひわびぬべきにより、かつは心をやれる住《すま》ひになむはべる。先《さい》つころ、まかり下《くだ》りてはべりしついでに、ありさま見たまへに寄りてはべりしかば、京にてこそ所得ぬやうなりけれ、そこらはるかにいかめしう占《し》めて造れるさま、さはいへど、国の司《つかさ》にてし置きけることなれば、残りの齢《よはひ》ゆたかに経《ふ》べき心構へも、二《に》なくしたりけり。後《のち》の世の勤めもいとよくして、なかなか法師まさりしたる人になむはべりける」と申せば、「さて、その女《むすめ》は」と問ひたまふ。

するとお供人の一人が都の近くにも注目に値する見所があると、《播磨の明石の浦》を挙げる。《明石の浦》には入り組んだ入江、白砂、松林といった、人目を引く景観があるわけではない。

一見何の変哲もないように見える海こそが《明石の浦》の見所である。海辺に立つと、果てもなく広がる海の面が《ゆほびかなる所》で、見飽きるということがない。「ゆほびか」は広くゆったりとした感じを表す。供人は《あやしく異所に似ず》と、余所にはない《明石の浦》の不思議な魅力を紹介する。

海辺にはひときわ目立つ邸が立っている。《新発意》――出家をしたばかりの前の国守が大事な娘を住まわせている邸だが、それがまた《いといたしかし》――大した邸なのだ。供人は話の的を邸の主の方へと絞っていく。どうやらその人物にかなりの興味を持っているらしく、自分の知るところを皆に話したい様子である。供人は世間話をするように邸の主、前の国守のことを語り始める。

前の国守は《大臣の後（子孫）にて》と語られるように、高貴な血筋の家柄に生まれた。行く行くは《出で立ちもすべかりける人》――順調に出世を果たし名声を得てしかるべき人と世間からも見なされていた。しかし、上層に上り詰めるにつけ地位争いは熾烈を極める。《大臣の後》という栄えある血筋もかすんでしまうほど現実は厳しかった。そう若くもない前の国守がやっとの思いで手にした官職は従四位下相当の《近衛の中将》である。

《大臣の後》である自分がどうして《近衛の中将》などに甘んじていられようか。このまま《まじらひ》を続けても思うような地位など得られないのではないか。前の国守は屈辱感と挫折感にとらわれて、悶々と日々をやり過ごす。前途を悲観して思い悩むその姿が、世間の人々には《世のひがものにて、まじらひもせず》と映るようになる。やがて思い余った前の国守は

《近衛の中将》を捨てる。その代わりに自分の方から申し出て播磨の《国の司》を得ると、そのまま都落ちしてしまう。

播磨の《国の司》は従五位下に相当する。前の国守は官職を退かずに位を下げて、播磨の田舎に生き延びる道を見出す。その大胆な選択は人々の耳目を引き、《ひがもの》の名を一層広める。そのせいもあってか、前の国守は赴任しても当地の人々に《すこしあなづられて》、快くは受け入れられなかった。名を捨てて実を取った人と思われたのだろう。都に近い播磨の国守ともなれば実入りが多く、相当の財を蓄えることができる。当地の人々の思惑をよそに、前の国守も任期中には思い通りの財を築くことができた。

だが、前の国守は四年の任期を終えても、《何の面目にてか、また都にも帰らむ》と言って都へ戻ろうとしなかった。戻れるわけがなかった。このまま都へ戻ることは生き恥を曝しにいくようなものである。名門出にこだわる気持ちが人一倍強い前の国守には耐え難いことだ。《近衛の中将》を捨て都を去らざるを得なかった無念の思いを忘れることはできない。《面目》が欲しい、都の人に有無を言わせぬ《面目》を何としても手に入れるのだ。前の国守は胸奥深く野心をたぎらせる。そして何を思ったか、髪を下ろし入道となってこの地に腰を据える。

さて、その入道の生活ぶりはと、供人の話は佳境に入る。

普通出家をした者は人気の少ない山の奥に引き籠って暮らすものだが入道は違う。人の出入りの多い《海づら》に邸を構えて住んでいる。《ひがひがしきやうなれど》――いかにも常識はずれなことだが、よく考えてみればそれも理にかなっているように思えると、供人は自分の意見をさしはさむ。

播磨には出家した者がひっそり籠って暮らすにふさわしい場所が幾つもある。だが、《若き》妻子にとって人気のない山奥は《心すごく》、寂しくて耐えられるものではない。共に暮らす妻子が《思ひわびぬべき》状態を訴えれば、入道は修行どころではなくなるだろう。けれども《海づら》は人の出入りが多いので妻子にもそのような気苦労をさせないですむ。それに刺激の多い《海づら》は入道自身にとってもかえって落ち着くのではあるまいか。こう供人は語って入道に理解を示す。

だが入道には入道の心づもりがあった。《海づら》は外に向かって開けている。入道は己れの野心を実現させる機会をねらうのに格好の場所を選んだのである。

語り手の供人の実家は播磨にある。つい先頃も実家に帰ったついでに入道の邸に立ち寄って様子を見てきたと言う。供人は入道邸のありさまを《そこらはるかにいかめしう占めて造れるさま》と語る。《そこら》は非常にの意。財を誇る建物や蔵が辺り一帯を威圧するかのようにどこまでも立ち並んでいる光景に、供人は今さらながら感じ入った様子だ。《そこらはるかに》《いかめしう》《占めて》という一語一語に供人の驚嘆の気持ちがにじみ出ている。

入道は、都では《所得ぬやうなりけれ》と力を発揮する場もなかったようだが、ここでは思うままに力を振るって莫大な富を築き上げた。供人は《残りの齢ゆたかに経べき心構へも、二なくしたりけり》と語り、余生を豊かに過ごせるまで蓄財に励んだ入道に改めて感嘆する。そして出家してからは勤行に励んだせいか、かえって《法師まさりしたる人》になった、と付け加える。《法師まさり》は法師になってから以前より人柄が優って見えること。供人は入道の生き方に肩入れをする。

源氏が、このあたりで入道の話は切り上げるよう供人を促し、《さて、その女は》と問いかける。源氏は入道の話を聞くうちに娘のことが気になってくる。

海龍王の后

「けしうはあらず、容貌《かたち》、心ばせなどはべるなり。代々《だいだい》の国の司《つかさ》など、用意ことにして、さる心ばへ見すなれど、さらにうけひかず。わが身のかくいたづらに沈めるだにあるを、この人ひとりにこそあれ、思ふさま異《こと》なり。もし我に後《おく》れてその志とげず、この思ひおきつる宿世違《すくせたが》はば、海に入りね、と、常わ遺言《ゆいごん》しおきてはべるなる」と聞こゆれば、君もをかしと聞きたまふ。人々「海龍王《かいりゆうわう》の后《きさき》になるべきいつき女《むすめ》ななり。心高さ苦しや」とて笑ふ。かく言ふは、播磨《はりま》の守《かみ》の子の、蔵人《くらうど》より今年《ことし》かうぶり得たるなりけり。「いと好《す》きたる者なれば、かの入道の遺言《ゆいごん》破りつべき心はあらむかし。さてたたずみ寄るならむ」と言ひあへり。「いでや、さいふとも田舎《ゐなか》びたらむ。をさなくよりさる所に生《お》ひ出でて、古《ふる》めいたる親にのみ従ひたらむは」「母こそゆゑあるべけれ。よき若人《わかうど》、童女《わらは》など、都のやむごとなき所々より、類《るい》にふれて尋《たづ》ねとりて、まばゆくこそもてなすなれ。情《なさけ》なき人になりてゆかば、さて心安くてしも、え置きたらじをや」など言ふもあり。君、「何心ありて海の底まで深う思ひ入るらむ。底のみるめも、ものむつかしう」などのたまひて、ただならずおぼしたり。かやうにても、なべてならず、もてひがみたること好《この》みたまふ御心なれば、御耳とどまらむをやと見たてまつる。「暮れかかりぬれど、おこらせたまはずなりぬるにこそはあめれ。はや帰らせたまひなむ」とあるを、大徳《だいとこ》、「御もののけなど加はれるさまにおはしましけるを、今宵《こよひ》はなほ静かに加持《かぢ》など参りて、出でさせたまへ」と申す。さもあることと、皆人申す。君も、かかる旅寝もならひたまはねば、さすがにをかしくて、「さらば暁《あかつき》に」とのたまふ。

供人は即座に《けしうはあらず》と請け合う。本来なら《容貌、心ばせなど》《けしうはあらず》《はべるなり》の順に言うべきところを、供人は源氏の期待に応えたくて、《けしうはあらず》と真っ先に言う。顔も気立てもかなりの娘らしいと強調したのである。

供人は娘についても語る。娘の評判を聞いた《代々の国の司》が、息子を婿にと入道に取り入って《さる心ばへ見すなれど》——求婚の意志を伝えたのだが、入道は《さらにうけひかず》と、全く相手にしなかった。それももっともなことで、入道には心に深く思い決めた志があったのだ。

自分は都へも帰れず、田舎で落ちぶれたままみじめな思いを味わっている。だがこんな所で朽ち果てたくはない。何としてもこの不運を切り開いて都へ戻らなければならない。それには《この人ひとりにこそあれ》——娘だけが頼りなのだ。娘は一族が高貴な身分を取り戻すための切り札となる。是が非でも最高位の身分の男に縁づかせるのだ。その大事な娘を国司風情の男になどやれるものか。

自分は娘にすべてを賭している。自分の目の黒いうちにどうにかするつもりだ。だが万が一自分が志半ばで死んだとしてもこの志は娘に引き継がせる。娘が志を遂げてくれなければわが名は永久に埋もれ、家系は滅びてしまうのだ。志を果たせないまま娘までがこんな田舎でおめおめと生きながらえることなど自分は許さない。そうなったら娘に死んでもらって子孫を絶やす。だから娘には《もし我に後れてその志とげず、この思ひおきつる宿世違はば、海に入りね》と、遺言してある。そのことを常日頃から言い聞かせているということだ。

源氏は、《海に入りね》と言い聞かされて育った娘に興味を惹かれる。しかし、他の供人が《海龍王の后になるべきいつき女ななり。心高さ苦しや》と言って茶化す。遺言が余りに現実離れしているので供人はまともには受けとめられない。せっかくの美しい娘を《海に入りね》とはどういうことか、入道は何を血迷っているのだろう、《心高さ》もほどほどにしなければ娘もつらかろうに。入道の《心高さ》が解せない供人は、その異常さを《苦しや》と言って娘に同情する。

これまで入道と娘の話をしてきたのは今の播磨の国司の息子である。蔵人を経て今年《かうぶり得たる》――従五位下に叙せられたばかりである。《かうぶり》は冠のこと。昇殿を許され一人前の扱いを受ける。普段から好き者で通っているので皆はその魂胆を察する。口々に《かの入道の遺言破りつべき心はあらむかし。さてたたずみ寄るならむ》と言って責める。わざわざ入道の邸に立ち寄ったのも娘に気があってのことだろうとからかう。播磨の国守の息子が、入道に軽くあしらわれた求婚者の一人と知るや、供人たちの関心はいっせいに娘に向けられ、思い思いに口をはさむ。

一人が《いでや、さいふとも田舎びたらむ。をさなくよりさる所に生ひ出でて、古めいたる親にのみ従ひたらむは》と、うがったようなことを言い出す。幼い時から田舎育ちで《古めいたる親》の言うなりになっている娘では野暮ったいのではないか、と水を差したのだ。

別の供人がこれを聞いて、《古めいたる親》などと侮ってはいけない、父入道はともかく、《母こそゆゑあるべけれ》と反論する。母は相当に由緒ある家柄の出らしい。母の実家が申し分なければ娘に難点はないはずだ、何でも《よき若人、童女など、都のやむごとなき所々より、類にふれて尋ねとりて、まばゆくこそもてなすなれ》というではないか。

母親は娘が都の最高位の身分の男に縁づいても遜色がないようにと娘の養育には細心の注意を払った。母親がもっとも気を配ったのは、明石で生い育つ娘が田舎くさい雰囲気に染まらないようにすることである。それには見栄えのする女房たちを揃える必要がある。常に娘の身近にいて世話をし、しつけや教育に直接当たる女房の影響は大きい。立ち居振舞一つもおろそかにはできない。母親は《類にふれて》――伝《つて》を頼っては都の高貴な人の元に仕える女房を《尋ねとり》、明石に呼び寄せた。「尋ねとる」は捜し求めて手に入れること。娘の周りは《よき若人、童女など》で固められ、播磨の田舎にありながら雅やかな別世界だった。娘は洗練された女房たちに囲まれて都で育った姫君のように磨き上げられていく。そんな母親の一流志向の育て方が供人の耳には《まばゆくこそもてなすなれ》と伝わっていたのだ。

親の努力の甲斐あって娘は都人らしく育っているのだろう。そうでなければこんな田舎に置いておくはずはないなどと供人は余計なことまで心配する。

源氏は供人たちの話に心を動かされる。源氏の心をとらえるのは、最愛の一人娘に《海に入りね》と遺言しなければ気がすまない入道の気持ちである。源氏は《何心ありて海の底まで深う思ひ入るらむ。底のみるめも、ものむつかしう》と感想を漏らす。入道は何を考えているのだろう、何故にそこまで思いつめているのだろう。源氏は、意地を張ってまで志を貫こうとする入道の生き方に思いを馳せる。《底のみるめも、ものむつかしう》と洒落た言い方で軽く流したが、源氏には無念に耐えている入道が痛ましく感じられてならない。《みるめ》は海藻の名で「見る目(はた目)」をかける。「ものむつかし」は何となくうっとうしい意。

源氏がひどく関心を示している様子を見て供人たちは、やはり源氏は娘に興味を持ったようだと思う。供人たちは源氏の女への好奇心がともすると《なべてならず、もてひがみたること》――変わり種の女に向く傾向があるのを知っている。この話を源氏に聞かせたらきっと《御耳とどまらむをや》と供人たちは確信していたのだ。《をや》という感動のことばに供人の自信が表れている。

日が暮れかかってきた。供人たちは話に夢中になって時を忘れていた。源氏はどうやら発作の不安もなくなったようだし、これなら都へ戻っても大丈夫だと見てとり帰京を促す。しかし大徳が、源氏は瘧病の上に《御もののけ》が取り付いているから予断を許さない身体だ、もう一晩加持の治療をして様子を見てから帰ったらどうかと言う。

一同は《さもあること》と言下に了解する。供人たちもせっかく山に来たのにこのまま都へ戻ってしまうのは惜しいと思っていたのだ。源氏はこんな山深い所に泊まるのは初めての体験なのでもとより異存はない。《さらば暁に》と言って、大徳のことばに従うこととなった。

走り来たる女子

日もいと長きに、つれづれなれば、夕暮のいたう霞みたるにまぎれて、かの小柴《こしば》垣《がき》のもとに立ち出でたまふ。人々は帰したまひて、惟光《これみつ》の朝臣《あそむ》とのぞきたまへば、ただこの西面《にしおもて》にしも、持仏《ぢぶつ》すゑたてまつりて行ふ尼なりけり。簾《すだれ》すこし上げて、花たてまつるめり。中の柱に寄りゐて、脇息《けふそく》の上に経を置きて、いとなやましげに誦《よ》みゐたる尼君、ただ人と見えず。四十余《よ》ばかりにて、いと白うあてに瘦《や》せたれど、つらつきふくらかに、まみのほど、髪のうつくしげにそがれたる末も、なかな

か長きよりもこよなう今めかしきものかなと、あはれに見たまふ。きよげなるおとな二人《ふたり》ばかり、さては童女《わらはべ》ぞ出で入り遊ぶ。中《なか》に十《とを》ばかりにやあらむと見えて、白き衣《きぬ》、山吹《やまぶき》などのなれたる着て、走り来《き》たる女子《をんなご》、あまた見えつる子どもに似るべうもあらず、いみじくおひさき見えて、うつくしげなる容貌《かたち》なり。髪《かみ》は扇をひろげたるやうにゆらゆらとして、顔はいと赤くすりなして立てり。

その日のうちに帰京しなければならないと思っていた源氏に、思いがけなく何も予定のない時間がころがり込んできた。

春の日は暮れかかっている。なすこともなく暇をもて余した源氏は、《夕暮のいたう霞みたるにまぎれて》、気になっていた先程の小柴垣の庵に足を向ける。女の影が見えたというあの家である。《惟光の朝臣》一人を残して供人たちは皆都へ帰したので源氏は身が軽い。惟光は源氏の乳母子で、源氏は厚い信頼を寄せ心を許している。これまでも源氏の手足となって尽くしてきてくれた。その惟光を伴って源氏は小柴垣の家を尋ね、垣根越しに中をのぞく。

すると、すぐ目の前の西向きの部屋に見えたのは、仏像を安置して祈りを奉げる尼の姿だった。こんな山奥の寺に女たちが住んでいる謎が解けた。この尼に仕える女房たちだったのだ。簀の子の外側に作られた棚に花を供えるためか、外からの視線を遮る簾が少し巻き上げられている。

尼は部屋の中ほどにある柱に寄りかかって座っていた。身体を預ける脇息を机代わりにして、経文を置き経を唱えている。その様子がいかにも《なやましげ》に見える。《なやましげ》は気分が悪く苦しそうな様子の意。源氏はじっと尼の様子を見つめる。

年齢は四十を回ったくらいだろうか、色がぬけるように白く、痩せ細ってはいるが気品の溢れた人だ。《ただ人と見えず》と源氏は見てとる。高貴な身分の人の持つ気配が尼の周りに漂っている。《つらつきふくらかに、まみのほど、髪のうつくしげにそがれたる末も、なかなか長きよりもこよなう今めかしきものかな》と、病みつつもなお美しさを湛えている尼に源氏は心を動かされる。

顔つきはやつれた風もなくふっくらとして、目もとのあたりが涼しげで美しい。尼そぎにした短い髪も、背のあたりに切りそろえられた様が風情を感じさせ、衣の裾まで伸ばされた髪よりすっきりとして魅力的な感じさえする。源氏は尼に心惹かれて中の様子を見続ける。尼の側に身だしなみをきちんと整えた女房が二人ばかり控えており、その他に《童女》が幾人か部屋を出たり入ったりして遊んでいる。

《中に十ばかりにやあらむと見えて、白き衣、山吹などのなれたる着て、走り来たる女子、あまた見えつる子どもに似るべうもあらず、いみじくおひさき見えて、うつくしげなる容貌なり》――少女たちを目で追っていた源氏の視界に、一人の美しい少女が飛び込んでくる。年の頃は十ばかりだろうか、白地の袿を身にまといその上に山吹の襲（表が朽葉色、裏が黄色の生地を重ねた色目）の表着《うわぎ》をはおって少女は走って来た。清楚な白に山吹の花を思わせる春らしい色合いの着馴れた着物が少女の初々しい動きを伝える。

少女に、源氏の視線は吸い寄せられる。周りにいる子供たちとは比べようもなく、生い育った時の抜きん出た美しさが想像される。源氏は少女の愛らしい顔立ちに心を奪われじっと見守る。

走って来た少女の髪は《扇をひろげたるやうにゆらゆらと》揺れている。顔は泣いた跡なのだろうか、《いと赤くすりなして》、少女は尼の傍らに立っている。


「何ごとぞや。童女《わらはべ》と腹立ちたまへるか」とて、尼君の見上げたるに、すこしおぼえたるところあれば、子なめりと見たまふ。「雀の子を犬君《いぬき》が逃《にが》しつる。伏籠《ふせご》のうちに籠《こ》めたりつるものを」とて、いとくちをしと思へり。このゐたる大人《おとな》、「例の心なしの、かかるわざをしてさいなまるるこそ、いと心づきなけれ。いづかたへかまかりぬる。いとをかしうやうやうなりつるものを。烏《からす》などもこそ見つくれ」とて、立ちて行《ゆ》く。髪ゆるるかにいと長く、めやすき人なめり。少納言の乳母《めのと》とぞ人言ふめるは、この子の後見《うしろみ》なるべし。尼君、「いで、あなをさなや。いふかひなうものしたまふかな。おのがかく今日明日《けふあす》におぼゆる命をば、何ともおぼしたらで、雀したひたまふほどよ。罪得《う》ることぞと、常に聞こゆるを、心憂《う》く」とて、「此方《こち》や」と言へば、ついゐたり。つらつきいとらうたげにて、眉のわたりうちけぶり、いはけなくかいやりたる額《ひたひ》つき、髪《かむ》ざし、いみじううつくし。ねびゆかむさまゆかしき人かなと、目とまりたまふ。さるは、限りなう心を尽くしきこゆる人に、いとよう似たてまつれるが、まもらるるなりけり、と思ふにも涙ぞ落つる。

《何ごとぞや。童女と腹立ちたまへるか》と尼君は顔を上げて少女にことばをかける。少女の面差しがどことなくこの尼君に似通っているのがわかる。尼君の子なのだろうと源氏は思う。《雀の子を犬君が逃がしつる。伏籠のうちに籠めたりつるものを》と言って少女はいかにも残念そうだ。《伏籠》は伏せて上に衣服をかけるための籠。雀の子への子どもらしい愛着が、《籠めたりつるものを》という少女の言い方ににじみ出ている。

控えていた女房が、少女の悔しい思いをそのままに受けとめて、犬君と呼ばれる童女の失態を責める。《例の心なしの、かかるわざをしてさいなまるるこそ、いと心づきなけれ》――犬君がしくじって叱られるのは今に始まったことではないらしい。とにかく雀の子はどこへ行ってしまったのか、《いとをかしうやうやうなりつるものを。烏などもこそ見つくれ》――あの可愛い雀の子が烏などに襲われたらひとたまりもない、女房は心配して部屋を出て行く。《髪ゆるるかにいと長く、めやすき人なめり》――源氏は立ち去った女房の髪の美しさに目が止まる。仕えている女房の印象も悪くない。《少納言の乳母》と呼ばれているようだが、おそらくあの少女の世話役なのだろう、女たちの事情が少しずつ源氏にわかってくる。

《いで、あなをさなや。いふかひなうものしたまふかな》と、尼君はため息をつくような口調で泣き顔の少女に言い聞かせる。《おのがかく今日明日におぼゆる命をば、何ともおぼしたらで、雀したひたまふほどよ。罪得ることぞと、常に聞こゆるを、心憂く》——尼君は、自分が今日明日の命だというのに少女が余りにも幼く、事の重大さをわかっていないのが心配でならない。

自分の亡き後少女がどのような運命をたどることになるか、考えただけでもつらい。自分の病が重いということを深刻に受けとめて少しでも大人になって欲しい。けれども目の前の少女は、《何ともおぼしたらで、雀したひたまふ》という有様だ。

《雀したひたまふほどよ》という嘆きのことばが尼君の意図を裏切って、遊びに没頭しているこの少女のほのぼのとした愛らしさを伝えている。少女にとって雀の子は何よりも大切な宝物なのだ。尼君が《罪得ることぞ》と常に言い聞かせてはいるが、少女の好奇心や生命力は尼君の考える枠をはみ出して、少女を生き生きとした世界へと連れていってしまう。この少女は子供らしい時間を生きている。

たたずんでいる少女を尼君が《此方や》と招くと、少女は尼君の前に膝をついて座る。《つらつきいとらうたげにて、眉のわたりうちけぶり、いはけなくかいやりたる額つき、髪ざし、いみじううつくし》——顔だち、眉のあたり、額の形、髪の生え際、源氏は少女の顔をじっと見つめる。あどけなさの残る少女の美しさにすっかり魅せられて、心をときめかせている源氏の心情が、《らうたげ》《いはけなく》《いみじううつくし》などのことばから伝わる。

《眉のわたりうちけぶり》――少女の産毛のような眉がぼうっと美しくかすんで見える。「けぶる」は木々がほのかに芽を吹く様を思わせる語。《うちけぶり》の一語から、まだ芽生えたばかりの新芽のような雰囲気の漂うこの少女の面差しが浮かび上がる。

《ねびゆかむさまゆかしき人かな》と、大人になった時の少女の美しさを想像しているうちに源氏はふと気づく。なぜ自分はこれほど惹かれるのか、あの《限りなう心を尽くしきこゆる人》――藤壺に少女が似ているからなのだと思う。いつの間にか少女の中に藤壺の面影を探している。心に深く秘めた恋が苦しく甦り、源氏の心は悲しみで一杯になる。少女を見つめていた目に涙が溢れる。

尼君の心配

尼君、髪をかき撫《な》でつつ、「けづることをもうるさがりたまへど、をかしの御髪《ぐし》や。いとはかなうものしたまふこそ、あはれにうしろめたけれ。かばかりになれば、いとかからぬ人もあるものを、故《こ》姫君は、十《とを》ばかりにて殿《との》におくれたまひしほど、いみじうものは思ひ知りたまへりしぞかし。ただ今おのれ見捨てたてまつらば、いかで世におはせむとすらむ」とて、いみじく泣くを見たまふも、すずろに悲し。をさなごこちにも、さすがにうちまもりて、伏目《ふしめ》になりてうつぶしたるに、こぼれかかりたる髪、つやつやとめでたう見ゆ。

　生ひ立たむありかも知らぬ若草を
　　おくらす露ぞ消えむそらなき

またゐたる大人、げにとうち泣きて、

　初草の生ひゆく末も知らぬまに
　　いかでか露の消えむとすらむ

と聞こゆるほどに、僧都《そうづ》、あなたより来て、「こなたはあらはにやはべらむ。今日《けふ》しも端《はし》におはしましけるかな。この上《かみ》の聖《ひじり》の方《かた》に、源氏の中将の、瘧病《わらはやみ》まじなひにものしたまひけるを、ただ今なむ、聞きつけはべる。いみじう忍びたまひければ、知りはべらで、ここにはべりながら、御とぶらひにもまでざりける」とのたまへば、「あないみじや。いとあやしきさまを人や見つらむ」とて、簾《すだれ》おろしつ。「この世にののしりたまふ光源氏《ひかるげんじ》、かかるついでに見たてまつりたまはむや。世を捨てたる法師のここちにも、いみじう世のうれへ忘れ、齢《よはひ》のぶる人の御ありさまなり。いで御消息《せうそこ》聞こえむ」とて、立つ音すれば、帰りたまひぬ。あはれなる人を見つるかな、かかれば、このすきものどもは、かかるありきをのみして、よくさるまじき人をも見つくるなりけり、たまさかに立ち出づるだに、かく思ひのほかなるこ

とを見るよ、と、をかしうおぼす。さても、いとうつくしかりつる児《ちご》かな、何人《なにびと》ならむ、かの人の御かはりに、明け暮れのなぐさめにも見ばやと思ふ心、深うつきぬ。

源氏が引き続き見守っていると、尼君は間近に座った少女の髪を《かき撫でつつ》、少女に語りかける。《けづることをもうるさがりたまへど、をかしの御髪や。いとはかなうものしたまふこそ、あはれにうしろめたけれ》――毎日見慣れている尼君が思わず《をかしの御髪や》と感嘆のことばを漏らすほど少女の髪は美しい。

しかし、少女はその恵まれた美しさをみがくことにほとんど関心がない。女のみだしなみとして髪を櫛けずることさえうるさがる。女にとって髪がどれほど大事なものか、少女はまだ自覚していない。余命の知れない我が身を思うと尼君は少女の行末が不安でたまらない。

尼君は少女に温かい眼差しを注ぎながらも、《かばかりになれば、いとかからぬ人もあるものを》と年齢相応に大人びていかないのを嘆かずにはいられない。《故姫君は、十ばかりにて殿におくれたまひしほど、いみじうものは思ひ知りたまへりしぞかし》――先に逝った娘が少女と同じくらいの年頃だった時のことが尼君の脳裏に甦える。

《殿》に先立たれた時、娘はちょうど十歳ほどだった。しかし、娘は後見人である父親に死なれた《姫君》が、世間の荒波をどう渡っていかなければならないかをよく承知していた。少女の母親は十歳の頃に父親を亡くしていること、その母親もすでに亡くなっていて、祖母である尼君が少女の養育に気を張ってこなければならなかった事情が明らかとなる。

一人前の美しい女へと成長し、身分の確かな男の後見を得て初めて女の人生は切りひらかれる。しかし、この幼さの抜けない少女が結婚によって生きる手だてを得ることなど、今はとても考えられない。親身になって少女を支えてくれる後見人がいなければ少女は孤児も同然となる。落ちぶれて波間を漂うようなことになってしまう恐れさえある。

《ただ今おのれ見捨てたてまつらば、いかで世におはせむとすらむ》——一人前に育っていない少女を置いて逝くことを尼君は「見捨てる」ということばで語る。が、《たてまつらば》《おはせむ》と少女に対して敬語を使っている。少女は低い身分の出ではないことがうかがえる。自分が逝って少女が一人取り残された時、格式高い家の姫君として生きていけるのか、尼君は絶望的な思いに駆られて激しく泣く。

源氏は詳しい事情がわからないながらも、尼君が泣く姿を見ているだけで悲しくなる。少女も《をさなごこちにも、さすがにうちまもりて、伏目になりてうつぶしたるに》と、尼君の悲しみを少女なりに受け止める。《うちまもりて》と少女は悲しみにくれる尼君をじっと見守る。尼君を恋い慕う気持ちが少女の心に溢れる。少女は自分が尼君を悲しませていると感じ、伏目になってうつぶせる。少女の動作の一つひとつが場面一杯に広がる。

身を伏せた少女の髪が肩の方へ流れていく様を《こぼれかかりたる髪、つやつやとめでたう見ゆ》と源氏は心惹かれて見ている。悲しみに満ちた場面でありながら、生き生きと息づく少女の魅力が強く印象づけられる。

尼君は少し気持ちが収まったのか、《生ひ立たむありかも知らぬ若草をおくらす露ぞ消えむそらなき》と胸の悲しみを歌のことばで表す。《若草》に少女を、《露》に自分をたとえて、自らの心境を歌う。はかなく消えるのが露の宿命なのに、その露が消えるに消えられないと詠んだところに尼君の悲哀がにじみ出ている。先程の女房が、尼君の心情に《げに》と共感し共に泣く。そして《初草の生ひゆく末も知らぬまにいかでか露の消えむとすらむ》と詠む。尼君の歌の中のことばを繰り返して尼君の心に添いつつ、《いかでか》と問いかけて、沈んでいこうとする尼君の気持ちを何とかして励まそうとする。

一部始終を源氏が見つめていると、尼君たちのいる部屋に僧都がやって来る。《こなたはあらはにやはべらむ。今日しも端におはしましけるかな》——尼君たちが今日に限って人目に付き易い部屋の端の方にいたとは、と言って僧都は動揺している。

僧都が平常心を失っているのは、《この上の聖の方に、源氏の中将の、瘧病まじなひにものしたまひけるを、ただ今なむ、聞きつけはべる》という理由による。源氏が来ていると聞いて僧都はまず女たちの所へ飛んできた。女たちが源氏の目に触れることを恐れて忠告しに来たのだ。案の定、女たちはいつも通り人目を気にせずに過ごしている。僧都は慌てる。

そして自分がこの山寺におりながらまだ源氏に挨拶していなかったということをひどく気にして《御とぶらひにもまでざりける》と尼君に言う。「とぶらひ」は病気見舞のこと。話を聞いて尼君も気が動転する。《あないみじや。いとあやしきさまを人や見つらむ》と言ってすぐに簾を下ろす。源氏の視界から女たちの姿が消える。尼君にとってはこの山深い寺に修行僧以外の男たちが徘徊していたということだけでも、《あないみじや》と驚嘆するほどの出来事である。源氏の目に触れたかもしれないということまで思い及ばない。尼君は誰かに見られたかもしれないと危惧の念を抱く。

一方僧都は女たちの元に駆けつけてきた時の慌て振りはどこへやら、《かかるついでに見たてまつりたまはむや》と尼君たちにも評判の源氏を間近に見ることを勧める。自分のことを《世を捨てたる法師のここちにも》と言いつつ、《この世にののしりたまふ光源氏》の姿を見れば《いみじう世のうれへ忘れ、齢のぶる》心地がすると力説する。「ののしる」は高い評判が立つ意。《この世》の評判を重んじて《世のうれへ》をなかなか忘れられない僧都の姿が聖とは対照的である。俗世間の人と少しも変わらぬ好奇心に駆られて僧都は《いで御消息聞こえむ》と張り切る。僧都が席を立つ音が聞こえたので源氏もその場を去る。

岩屋に戻ってからも気持ちの高揚は収まらない。《あはれなる人を見つるかな》と源氏はしみじみとした思いで心につぶやく。修行僧しかいないはずの山奥であんな愛らしい少女と出会うとは何という奇遇だろう。源氏の心に少女の存在を知った歓びがひたひたと押し寄せる。

そんな出会いの妙味を知った源氏は、好奇心に引かれて気ままに出歩ける供人たちが羨ましい。《よくさるまじき人をも見つくるなりけり》——こうしてあの者たちは意外な所で意外な女を見つけて恋に励んでいたのだ。源氏は《すきものども》の楽しげな恋に大いに刺激される。《たまさかに立ち出づるだに、かく思ひのほかなることを見るよ》——こう感嘆する源氏は病にかかる前の好奇心旺盛な青年らしい初々しさを取り戻している。

《さても、いとうつくしかりつる児かな》――少女の面影が源氏の目に焼き付いて離れない。どういう家の姫君なのだろうか。自分が面倒を見ることも可能な人だろうか。《かの人の御かはりに、明け暮れのなぐさめにも見ばやと思ふ心、深うつきぬ》――あの藤壺への想いをこの少女に捧げられたらどんなにか心が慰められることだろう。少女との出会いに運命的なものを感じる源氏の真摯な想いが、《見ばやと思ふ心、深うつきぬ》という語り手のことばから伝わる。

僧都の坊

うち臥したまへるに、僧都《そうづ》の御弟子《でし》、惟光《これみつ》を呼び出でさす。ほどなき所なれば、君もやがて聞きたまふ。「過《よぎ》りおはしましけるよし、ただ今なむ人申すに、おどろきながら、さぶらふべきを、なにがしこの寺に籠《こも》りはべりとはしろしめしながら忍びさせたまへるを、うれはしく思ひたまへてなむ。草の御むしろも、この坊《ばう》にこそ設けはべるべけれ。いと本意《ほい》なきこと」と申したまへり。「いぬる十余日《じふよにち》のほどより、瘧病《わらはやみ》にわづらひはべるを、度《たび》かさなりて堪《た》へがたうはべれば、人の教へのままに、にはかに尋《たづ》ね入りはべりつれど、かやうなる人の験《しるし》あらはさぬ時、はしたなかるべきも、ただなるよりは、いとほしう思ひたまへつつみてなむ、いたう忍びはべりつる。今、そなたにも」とのたまへり。すなはち僧都参りたまへり。法師なれど、いと心はづかしく、人がらもやむごとなく世に思はれたまへる人なれば、軽々《かるがる》しき御ありさまを、はしたなうおぼす。かく籠《こも》れるほどの御物語など聞こえたまひて、「同じ柴《しば》の庵《いほり》なれど、すこし涼しき水の流れも御覧ぜさせむ」と、切《せち》に聞こえたまへば、かのまだ見ぬ人々に、ことことしう言ひ聞かせつるを、つつましうおぼせど、あはれなりつるありさまもいぶかしくて、おはしぬ。げにいと心ことによしありて、同じ木草をも植ゑなしたまへり。月もなきころなれば、遣水《やりみづ》に篝火《かがりび》とも《し》し、燈籠《とうろ》などにも参りたり。南面《みなみおもて》いときよげにしつらひたまへり。そらだきものの、心にくくかをり出で、名香《みやうがう》の香《か》など匂ひみちたるに、君の御追風《おひかぜ》いとことなれば、内の人々も心づかひすべかめり。

垣間見の余韻にしばらく浸っていたいところだが、横になって休んでいると、僧都の弟子がすぐにやってくる。弟子は取り次ぎの者に惟光を呼び出させると、僧都の挨拶の口上を述べ始める。それが奥で休んでいる源氏のところまで聞こえてくる。岩屋は奥行がなく手狭な所だ。

僧都は、源氏がこの寺に来ていることを今、人から聞いて《おどろき》慌てているところだという。すぐに《さぶらふべきを》と恐縮の意を弟子は伝える。《なにがしこの寺に籠りはべり》と源氏は《しろしめしながら》、自分に知らせてくれずに訪れていたとは《うれはしく思ひたまへてなむ》と、口上は続く。丁重な言い方で敬意を表しつつも僧都は歓待できなかった不本意な気持ちを伝える。「しろしめす」は知るの尊敬語。

僧都としては源氏がこんな風情もない窮屈な岩屋に泊まることになっては気持ちが収まらない。《草の御むしろも、この坊にこそ設けはべるべけれ。いと本意なきこと》と伝えて、自分の坊に泊まることを勧める。僧都は源氏のような人を我が坊に迎えるという晴れがましい機会を逃したくない。

源氏は僧都に責められて礼を欠いたわけを話す。《いぬる十余日のほどより……》《度かさなりて堪へがたうはべれば……》と、《瘧病》にいかに難渋したかを強調して弁解に努める。自分の病がやっかいなだけに聖の面子を第一に考えなければならなかったのだ。もし聖の治療に効き目が表れないことがわかると聖の名声に傷が付く。《ただなる》者を診る時と違って、聖が自分を診たばかりに立場をなくすようになっては《いとほしう思ひたまへつつみてなむ》と、僧都の納得が得られるようにことばを尽くす。そうして《今、そなたにも》と、後で僧都の元を訪れることを約束して弟子を帰す。

ところが、弟子と入れ替わるように僧都本人がやってきた。こうなっては僧都と会わないわけにはいかないと覚悟はしたものの、源氏は僧都が苦手である。僧都は《法師なれど》、聖のように俗世間を超越している人ではない。《いと心はづかしく、人がらもやむごとなく世に思はれたまへる人なれば》と、世間の人々からも一目置かれている立派な人物である。ただでさえそのような重々しい人物に会うのは気が張るのに、まして今の自分の《軽々しき御ありさま》を曝すのはきまりが悪い。

そんな源氏の臆する様子に頓着することなく、僧都は自分がここに籠っている事情などを話した後、《同じ柴の庵なれど、すこし涼しき水の流れも御覧ぜさせむ》と、《切に》源氏を誘う。《すこし》と言って控え目だが、何とか源氏の気を引こうとする僧都の熱意が《切に》ということばにもにじみ出る。だが源氏の方はそう熱心に言われても、先程僧都が自分の美しさを《ことことしう言ひ聞かせつる》場面が思い出されて余計気後れがする。

しかし一方、僧都の坊にはあの《あはれなりつるありさま》の少女がいる、そう思い直すと少女のことが《いぶかしくて》訪ねたくなる。「いぶかし」は事情をはっきり知りたい感じを表す。少女の面影に惹かれて、源氏は僧都の坊に足を運ぶ。

なるほど僧都自慢の庭だけあって《いと心ことによしありて》見事な造りである。同じ木草でも植えかたに工夫が施され、見映えよく手入れがされている。月明かりが望めない時節なので、庭の遣水のほとりには篝火がともされ、軒先の燈籠にも火が入って一層風情をかきたてている。

客間にあたる《南面》の部屋は《いときよげにしつらひたまへり》と、調度の品々が飾りつけられて、あとは源氏を待つばかりに整えられている。《そらだきもの》が《心にくくかをり出で》、源氏は行き届いた僧都のもてなしに感服する。《そらだきもの》は客が入室する前に隣室で香をたき、客室へ漂わせる香りのこと。部屋には僧都の坊らしく仏前にたく《名香》の匂いも満ちており、何ともいえぬ趣を醸し出している。

源氏が部屋へ入っていくと、奥で控える女たちの緊張した動きが衣ずれの音を通して伝わってくる。源氏の衣にたきしめてある《御追風》の香は、他に紛うことのない香りなので、それと知った女たちが《心づかひ》をしているのである。

少女の素姓

僧都《そうづ》、世の常なき御物語、後《のち》の世のことなど聞こえ知らせたまふ。わが罪のほど恐ろしう、あぢきなきことに心をしめて、生ける限りこれを思ひなやむべきなめり、まして後《のち》の世のいみじかるべき、おぼし続けて、かうやうなる住ひもせまほしうおぼえたまふものから、昼のおもかげ心にかかりて恋しければ、「ここにものしたまふは誰《たれ》にか。尋ねきこえまほしき夢を見たまへしかな。今日《けふ》なむ思ひあはせつる」と聞こえたまへば、うち笑ひて、「うちつけなる御夢語りにぞはべるなる。尋ねさせたまひても、御心劣りせさせたまひぬべし。故按察使《こあぜち》の大納言は、世になくて久しくなりはべりぬれば、えしろしめさじかし、その北の方なむ、なにがしが妹《いもうと》にはべる。かの按察使《あぜち》かくれてのち、世をそむきてはべるが、このころ、わづらふことはべるにより、かく京にもまかでねば、頼もし所に籠《こも》りてものしはべるなり」と聞こえたまふ。「かの大納言の御女《みむすめ》、ものしたまふと聞きたまへしは。すきずきしきかたにはあらで、まめやかに聞こゆるなり」と、おしあてにのたまへば、「女《むすめ》ただひとりはべりし、亡《う》せてこの十余年《よ》にやなりはべりぬらむ。故《こ》大納言、内裏《うち》にたてまつらむなど、かしこういつきはべりしを、その本意《ほい》のごとくもものしはべらで、過ぎはべりにしかば、ただこの尼君ひとりもてあつかひはべりしほどに、いかなる人のしわざにか、兵部卿《ひやうぶきやう》の宮なむ、忍びて語らひつきたまへりけるを、もとの北の方、やむごとなくなどして、安からぬこと多くて、明け暮れものを思ひてなむ、亡《な》くなりはべりにし。もの思ひに病《やまひ》づくものと、目に近く見たまへし」など申したまふ。さらばその子なりけりとおぼしあはせつ。親王《みこ》の御筋にて、かの人にもかよひきこえたるにやと、いとどあはれに見まほし。人のほどもあてにをかしう、なかなかのさかしら心なく、うち語らひて心のままに教へ生《お》ほし立てて見ばや、とおぼす。

僧都は源氏を客人として迎え入れる。客人を前に僧都は説教を始める。《世の常なき御物語、後の世のことなど》、説法で貴人をもてなす。

源氏は身を固くして仏の教えに耳を傾ける。しかし、僧都のことばもいつしか頭上を通り過ぎていく。源氏の心の中は現世の煩悩が駆け巡っている。後の世のことを考えるゆとりはない。

自分は仏に向き合う資格などないのではないか。《わが罪のほど恐ろしう》と、思いは心の奥深く自分を苦しめる藤壺のことに至る。父帝の妃を愛してしまった罪深さを思うと恐ろしい。藤壺への執着は《あぢきなきことに心をしめて》と描かれる。「あぢきなし」は心にそぐわないがどうにもならない感じを表す。

恋してはならない人を恋うる気持ちは膨らむばかりで源氏を苛《さいな》み続ける。仏の教えが一体何の救いになるというのか。自分は《生ける限り》この苦しみから逃れられないのだ。まして《後の世のいみじかるべき》苦しみは如何ばかりかと思う。どうしたら自分は救われるのか。《かうやうなる住ひもせまほしうおぼえたまふ》――出家して僧都のように山籠りする自分の姿が浮かぶ。

だが、《ものから》と思いは一転する。頭に浮かぶ像は消え、《昼のおもかげ心にかかりて恋しければ》と、目の前のことに心が傾く。源氏の心を生々しく掻き立てていくのはこの世の恋である。自分は《昼のおもかげ》に惹かれてここにやってきたのではないかと、源氏は本来の自分を取り戻す。何とかして少女のことをもっと知りたい。

生真面目に仏の教えを説く僧都に向かって、突然《ここにものしたまふは誰にか。尋ねきこえまほしき夢を見たまへしかな。今日なむ思ひあはせつる》と言って、僧都の気を引く。少女の素姓を聞き出すために尼君の登場する夢物語をこしらえ、夢の意味が今日解けたなどととぼけてみせたのである。

話の腰を折られた僧都の固い表情が《うち笑ひて》と、わずかにゆるむ。いきなり同居人のことを聞かれてあっけにとられたものの、そのとぼけ振りが鮮やかでつい源氏に乗せられる。源氏の意中を察した僧都は《尋ねさせたまひても、御心劣りせさせたまひぬべし》と前置きして語り出す。

僧都は《世になくて久しくなりはべりぬれば》という、《故按察使の大納言》をまず紹介する。その北の方が実は自分の妹だと、同居人の素姓を明かす。妹は大納言亡きあと出家した。が、《このころ、わづらふことはべるにより》、いよいよの時は兄の僧都が看取ってくれるだろうと思ってか、この坊を《頼もし所》にして頼ってきたのだと言う。

少女は果たしてその尼君の子なのだろうか。そのことを確かめたい。源氏は《かの大納言の御女、ものしたまふと聞きたまへしは》と《おしあてに》尋ねてみる。「おしあて」は当て推量の意。本当は大納言に娘がいたことなど源氏は何も知らない。それなのに《すきずきしきかたにはあらで、まめやかに聞こゆるなり》――娘に言い寄るつもりはないがと言わずもがなの一言まで付け加える。

僧都は源氏に答えて《女ただひとりはべりし、亡せてこの十余年にやなりはべりぬらむ》と語り始める。大納言の娘については語りたいことがあると言いたげな口調である。

父大納言は娘を《内裏にたてまつらむ》と、入内の夢を抱いて大事に育てていた。ところが大納言は娘に思いを残したまま《本意》も半ばで亡くなってしまった。夫に死なれた後は尼君が、残された娘を育て上げなければならなかった。傍らで見ていた僧都は尼君の身にふりかかった災難を《ただこの尼君ひとりもてあつかひはべりしほどに》と語る。「もてあつかふ」は扱いに困る意。《ただこの尼君ひとり》という言い方に、女手一つで子を育て上げなければならなかった尼君の苦労を思いやる僧都の気持ちが表れている。

やがて一人前の女に育った娘の元に、誰の手引きかわからぬが男が通うようになった。意外にも兵部卿の宮と、《忍びて語らひつきたまへりける》仲になる。しかし宮にはすでに北の方がいた。北の方は《やむごとなくなどして》と、高貴な筋の人であったから気位が高く、宮が、通う女に心を傾けるのを快く思わなかった。娘には《安からぬこと多くて》、気苦労が絶えなかった。《明け暮れものを思ひてなむ》——繊細で傷つきやすい娘は北の方の嫉妬に苦しみ抜いた揚げ句にとうとう死んでしまったのだ。《もの思ひに病づくものと、目に近く見たまへし》と、僧都は自らの感想を添えて話を結ぶ。一部始終を間近に見ていた僧都は姪の哀れな死が忘れられない。

僧都の話を聞いた源氏は、《さらばその子なりけりとおぼしあはせつ》と、今の話の哀れな娘の子が少女だったのだと察する。父親が藤壺の兄に当たる人だから《かの人》に似たところがあったのだ。少女の素姓について見当が付くと、源氏は《いとどあはれに見まほし》と一層少女が慕わしく思われ、すぐにでも引き取って共に暮らしたくなる。

《人のほどもあてにをかしう、なかなかのさかしら心なく、うち語らひて心のままに教へ生ほし立てて見ばや》と、垣間見ただけの少女の面影は源氏の心の中で、申し分ない自分の妻に膨らんでいるのだった。

意中を切り出す

「いとあはれにものしたまふことかな。それは、とどめたまふかたみもなきか」と、をさなかりつる行方《ゆくへ》の、なほたしかに知らまほしくて、問ひたまへば、「亡《な》くなりはべりしほどにこそはべりしか。それも女にてぞ。それにつけてもものの思ひのもよほしになむ、齢《よはひ》の末《すゑ》に思ひたまへ嘆きはべるめる」と聞こえたまふ。さればよとおぼさる。「あやしきことなれど、をさなき御後見《うしろみ》におぼすべく聞こえたまひてむや。思ふ心ありて、行《ゆ》きかかづらふかたもはべりながら、世に心の染《し》まぬにやあらむ、独住《ひとりず》みにてのみなむ。まだ似げなきほどと、常の人におぼしなずらへて、はしたなくや」などのたまへば、「いとうれしかるべき仰《おほ》せ言《ごと》なるを、まだむげにいはけなきほどにはべるめれば、たはぶれにても御覧じがたくや。そもそも女は、人にもてなされて大人にもなりたまふものなれば、くはしくはえとり申さず。かの祖母《おば》に語らひはべりて聞こえさせむ」と、すくよかに言ひて、ものごはきさましたまへれば、若き御心にはづかしくて、えよくも聞こえたまはず。「阿弥陀仏《あみだほとけ》ものしたまふ堂に、することはべるころになむ。初夜《そや》いまだ勤めはべらず。過《す》ぐしてさぶらはむ」とて、のぼりたまひぬ。

源氏はいよいよ《をさなかりつる行方》を知りたい気持ちが募る。自分の憶測が当たっているかどうかを僧都の口から聞き出して確かめたい。《それ（尼君の娘）は、とどめたまふかたみもなきか》と聞いて探りを入れる。

僧都は感慨深げに《亡くなりはべりしほどにこそはべりしか。それも女にてぞ》と答える。死んだ娘の形見が女の子であったことが僧都に不安の念を抱かせる。尼君が苦労して育てた娘が北の方の嫉妬にあってあえなく死んでいった様を僧都は傍らで見てきた。それがよほどこたえている。娘は親王に縁づいて幸せをつかんだかに見えたが、長くは続かなかった。父親を失って後見のない女が幸せをつかむのは容易なことではないと実感している。尼君がどんなに懸命に育ててもその形見の子の幸せな将来はとても想像できない。《それも女にてぞ》という僧都の強い言い方に嘆きの深さが籠る。老い先短い尼君にはその形見が《もの思ひのもよほし》だと語る。「もよほす」は引き起こす意。

源氏は僧都の口から少女の素姓が明かされ、それが自分の思う通りだったので《さればよ》とうれしくなる。源氏はすぐにでも少女を引き取りたいという気持ちが抑えられなくて、《をさなき御後見におぼすべく》——行く行くは少女を妻とする意志があることを尼君に話してほしいと頼み込む。

心に深く思いつめてきた重大事を思わず切り出してしまった源氏は、思うところを一気に言ってしまいたい。《思ふ心ありて、行きかかづらふかたもはべりながら、世に心の染まぬにやあらむ、独住みにてのみなむ。まだ似げなきほどと、常の人におぼしなずらへて、はしたなくや》と語って、私的な事情も率直に打ち明ける。《行きかかづらふかた》は左大臣家の女君を指す。

自分は結婚している身だが妻とはそりが合わず、あまり妻の元へは通っていないことを強調して、少女を引き取る理由を説明したつもりである。しかし、《まだ似げなきほど》の少女を妻とするのはいかにも「すきごころ」からだと誤解されそうな気がして、次第に自信がなくなる。源氏はそんな、自身のためらいを《常の人におぼしなずらへて、はしたなくや》と口籠るように言う。「なずらふ」は比べる意。

少女を心からいとしく思い、共に暮らしながらいつかは心の通い合う夫婦になることを夢見ている源氏の前に、世間の常識の壁が立ち塞がる。自分は世間の男と違って浮わついた好奇心など微塵もないことをわかって欲しい。だがこの気持ちを僧都に理解してもらうには一体どう言い表したらいいのか。源氏は自分の気持ちを伝えることばが見当たらなくてもどかしい。

僧都は源氏が言いよどむのも当然と言わんばかりに、《まだむげにいはけなきほどにはべるめれば、たはぶれにても御覧じがたくや》と言って源氏の申し出をきっぱりと退ける。僧都は源氏が本気で言っているなどとは思えない。論外のことと受けとめる僧都は、《たはぶれにても》ということばに自分の気持ちを込める。少女がみなし児同然の子供だから軽く見られたと思ったのだろうか、僧都は《そもそも女は、人にもてなされて大人にもなりたまふものなれば、くはしくはえとり申さず》と、女子の生き方について常識とされていることを敢えて言わずにはいられない。

《人にもてなされて》は周囲の人から世話をされての意。「大人になる」は成長して人妻になること。それを経ないで子供のまま男に世話をされるなど僧侶の自分には考えられない、これ以上のことは自分の方から何も言えない、いずれ尼君に相談して返事をすると、《すくよかに》答える。「すくよか」は素気ないの意。

正論を述べて源氏を拒絶する僧都の《ものごはき》表情に源氏は気押される。ほとばしる情熱に任せて僧都に本音を打ち明け心を曝してしまったことが、今更のように恥ずかしい。胸に広がる羞恥心を扱いかねて困惑する源氏の姿が、《えよくも聞こえたまはず》と描かれる。源氏はことばを失い茫然となる。

僧都はそれを断ち切るように《阿弥陀仏ものしたまふ堂に、することはべるころになむ。初夜いまだ勤めはべらず、過ぐしてさぶらはむ》と言って、この場を立ち去り堂の方へ行ってしまう。《初夜》は午後六時から十時までに行う勤行のこと。

眠れぬままに

君はここちもいとなやましきに、雨すこしうちそそき、山風ひややかに吹きたるに、滝のよどみもまさりて、音高う聞こゆ。すこしねぶたげなる読経《どきやう》の絶え絶えすごく聞こゆるなど、すずろなる人も、所からものあはれなり。ましておぼしめぐらすこと多くて、まどろまれたまはず。初夜《そや》と言ひしかども、夜《よ》もいたう更《ふ》けにけり。内にも人の寝ぬけはひしるくて、いと忍びたれど、数珠《ずず》の脇息《けふそく》に引き鳴らさるる音ほの聞こえ、なつかしううちそよめく音なひ、あてはかなりと聞きたまひて、ほどもなく近ければ、外《と》に立てわたしたる屏風《びやうぶ》の中をすこし引きあけて、扇を鳴らしたまへば、おぼえなきここちすべかめれど、聞き知らぬやうにやとて、ゐざり出づる人あなり。すこし退《しぞ》きて、「あやし、ひが耳にや」とたどるを聞きたまひて、「仏の御しるべは、暗きに入りても、さらに違《たが》ふまじかなるものを」とのたまふ御声の、いと若うあてなるに、うち出でむ声《こわ》づかひも、はづかしけれど、「いかなる方《かた》の御しるべにかは。おぼつかなく」と聞こゆ。「げに、うちつけなりとおぼめきたまはむも道理《ことわり》なれど、

初草の若葉のうへを見つるより
　旅寝の袖《そで》も露ぞかわかぬ

と聞こえたまひてむや」とのたまふ。「さらにかやうの御消息《せうそこ》、うけたまはりわくべき人もものしたまはぬさまは、しろしめしたりげなるを、誰にかは」と聞こゆ。「おのづからさるやうありて聞こゆるならむと思ひなしたまへかし」とのたまへば、入りて聞こゆ。あな、今めかし、この君や世づいたるほどにおはするとぞ、おぼす

らむ、さるにては、かの若草を、いかで聞いたまへることぞと、さまざまあやしきに、心乱れて、久しうなれば、情《なさけ》なしとて、

「枕ゆふ今宵《こよひ》ばかりの露けさを
深山《みやま》の苔《こけ》にくらべざらなむ

乾《ひ》がたうはべるものを」と聞こえたまふ。

源氏の真剣な想いは僧都に受け止めてもらえなかった。後に取り残された源氏は言いようのない疲労感に襲われる。重苦しく沈んでいく気持ちは《ここちもいとなやましきに》と敏感に身体に伝わる。

《雨すこしうちそそき、山風ひややかに吹きたるに、滝のよどみもまさりて、音高う聞こゆ》――心身の調子が落ち込んでいる源氏には、山桜を濡らしてかすかに降り注ぐ晩春の雨も、部屋を吹き抜けていく春の風も冷え冷えと感じられる。そのうえ水かさが増したのだろうか、滝が深い淵に流れ落ちるらしく高い音を響かせている。

侘しい気持ちを募らせている源氏の耳に、堂の方から《すこしねぶたげなる読経》の声が聞こえてくる。ひっそりと静まり返った夜更けの湿った空気を震わせて、《絶え絶え》響く修行僧たちの読経の声が源氏には《すごく》と感じられる。「すごし」は接する人の心にはなはだしい衝撃を与えるほどの、ぞっとするような感じを表す。

少女との出会いに一筋の光を見出そうとしている源氏の前に立ちはだかった僧都は、情に揺れる人の世を捨てている。源氏の夢が僧都に通じるはずもなかった。戒律に従って修行する僧たちの声は勿論のこと、この夜の山寺を覆っている空気そのものが、自分を拒絶しているように感じられる。

目の前の厚い壁を意識すればするほど、神経は高ぶり、源氏は少しも眠気を感じない。僧都は初夜の勤行をすませてからまた源氏を訪ねると言っていたが、こんな夜更けにやってくるのだろうか。眠れぬ夜を過ごしている源氏の耳に奥の間から《人の寝ぬけはひ》がはっきりそれとわかるように伝わってくる。

《いと忍びたれど、数珠の脇息に引き鳴らさるる音ほの聞こえ、なつかしううちそよめく音なひ、あてはかなりと聞きたまひて》――源氏は女たちのかすかな動きに気を引かれて耳を澄ます。数珠が脇息に触れてひきずるような音がする。先程夕まぐれに垣間見た時、尼君は脇息を机代わりに念仏を唱えていた。あの尼君の手にした数珠なのだろう、《いと忍びたれど》と源氏に気遣いをしつつ祈っているらしい。その尼君の気持ちが伝わってくるようなかそけくほのかな音だ。

冷ややかな山寺の空気に圧倒されていた源氏は、そよそよと心地よく響く衣ずれの音を《なつかしう》と感じてほっとする。《うちそよめく音なひ》に人恋しさを覚える。女たちの雰囲気が《あてはかなり》と感じられる。「あてはか」の「あて」には気品があって美しく仰ぎみる感じという語感がある。山寺に籠っていても、この女房たちは気品を失っていないと源氏は思う。

気分も悪く気力も失せていた源氏は、尼君と女房たちの気配に慰められて徐々に自分らしさを取り戻していく。この人たちなら自分の想いをわかってくれるのではないか、源氏はそんな気がして女たちに近づく。《ほどもなく近ければ》、奥の間との仕切りにいくつか立ててある屏風の中ほどを少し開けて扇を鳴らし女房を呼ぶ。

合図の音に気づいた者もいたようだが、源氏に呼ばれるとは思いも寄らず、すぐには取り次ぎにやってこない。が、《聞き知らぬ》ふりもできないと思ったのか、《ゐざり出づる》者がある。源氏の目にはっきりとは見えないが、立ち姿で近づいてくるようなはしたない振舞はするはずがない。女房は《すこし退きて、「あやし、ひが耳にや」》と戸惑っている。女房が引っ込んでしまわないうちにと、源氏はすかさずことばをかける。

《仏の御しるべは、暗きに入りても、さらに違ふまじかなるものを》と、闇の中を仏によって導かれたという『法華経』の中の一節を引き合いに出す。この暗闇の中を案内して欲しいと請う。源氏は仏の救いを求めて読経する尼君の心根を思いやって、この場にふさわしいことばをとっさに探し出す。

女房は源氏の《いと若うあてなる》声に打たれ、どぎまぎする。人々の賞讃する光源氏の名は知っていても、零落した尼君に仕える女房たちにとって間近にことばを交わせる人ではない。それに源氏の相手にふさわしい年頃の姫君などいないので返事のしようがない。だが申し出に答えないわけにはいかない。《いかなる方の御しるべにかは。おぼつかなく》と源氏のことばを踏まえて問い返す。

　源氏も自分の申し出が唐突で、女房がいぶかしく思うのは無理もないと思っている。が、とりあえず尼君に何とか取り次いでもらいたくて、《初草の若葉のうへを見つるより旅寝の袖も露ぞかわかぬ》と尼君への歌を託す。垣間見をしている時に聞いた尼君と女房の歌につなげようとして、「初草」「露」などのことばをそのまま用いる。「初草の若葉」のような少女への恋心をためらわずに歌い上げる。

　このような恋の歌を詠みかけられても、気の利いた歌を返せる一人前の姫君などここにはいない、源氏も承知しているはずなのにと女房は困惑して、《誰にかは》と強い調子で再び問い返す。ここで女房と押し問答をしていても埒が明かない。源氏は口調を改めて女房に頼む。《おのづからさるやうありて聞こゆるならむと思ひなしたまへかし》——強引なやり方かもしれないが、こんな時間に尼君の面会を請うにはそれなりのわけがあってのことなのだ、事情はのみ込めないだろうが自分を信じて欲しいと源氏は敬語を交えて丁重に言う。ここは一歩も退けないと源氏も粘る。女房は尼君に取り次ぐために奥へ引っ込む。

　少女への恋の歌を受け取った尼君は《あな、今めかし》と驚く。《今めかし》は今風で洒落た感じを表す。今風を肯定する意味で使われている。尼君は、一目見て心惹かれた相手にいち早く恋心を伝えてきた源氏のやり方に感嘆する。けれども少女が《世づいたるほどにおはする》と源氏は思っているのだろうか、まだ男女のことなど疎くて幼いだけの子供なのにと尼君は思う。

それにしても《かの若草》の歌を踏まえているのはどういうことだろう。源氏が知っているはずもないのに……。《さまざまあやしきに、心乱れて》尼君はすぐに返事ができなかった。時間が過ぎていく。返歌を待っている源氏に何もことばを返さないのは《情なし》と思い、尼君は歌を返す。《情なし》の《情》は情趣がわかる心の意。

《枕ゆふ今宵ばかりの露けさを深山の苔にくらべざらなむ》——少女への恋心を詠んだ源氏の歌の上の句の部分にあえて目をつむりながらも、返歌らしく仕立てあげる。旅先での一夜限りの源氏の涙と、《深山の苔》のように湿りがちな自分たちの身を比べないで欲しいと強い調子で歌を結ぶ。《乾がたうはべるものを》とさらに一言つけ加え、涙がちに暮らしている自分たちには縁のない話だと突っぱねる。

心中を訴える

「かうやうの人伝《ひとづて》なる御消息《せうそこ》は、まださらに聞こえ知らず、ならはぬことになむ。かたじけなくとも、かかるついでにまめまめしう聞こえさすべきことなむ」と聞こえたまへれば、尼君、「ひがこと聞きたまへるならむ。いとはづかしき御けはひに、何ごとをかは答《いら》へきこえむ」とのたまへば、「はしたなうもこそおぼせ」と人々聞こゆ。「げに、若やかなる人こそうたてもあらめ、まめやかにのたまふ、かたじけなし」とて、ゐざり寄りたまへり。「うちつけに、あさはかなりと御覧ぜられぬべきついでなれど、心にはさもおぼえはべらねば、仏《ほとけ》はおのづから」とて、おとなおとなしう、はづかしげなるにつつまれて、とみにもえうち出でたまはず。「げに思ひたまへ寄りがたきついでに、かくまでのたまはせ聞こえさするも、浅くはいかが」とのたまふ。「あはれにうけたまはる御ありさまを、かの過ぎたまひにけむ御かはりにおぼしないてむや。いふかひなきほどの齢《よはひ》にて、むつましかるべき人にも立ちおくれはべりにければ、あやしう浮きたるやうにて、年月《としつき》をこそ重ねはべれ。同じさまにものしたまふなるを、たぐひになさせたまへと、いと聞こえまほしきを、かかるをりはべりがたくてなむ、おぼされむところをも憚《はばか》らず、うち出ではべりぬる」と聞こえたまへば、「いとうれしう思ひたまへぬべき御ことながらも、聞こしめしひがめたることなどやはべらむと、つつましうなむ。あやしき身一つを、頼もし人にする人なむはべれど、いとまだいふかひなきほどにて、御覧じゆるさるるかたもはべりがたげなれば、えなむうけたまはりとどめられざりける」とのたまふ。「みなおぼつかなからずうけたまはるものを、所狭《せ》うおぼし憚《はばか》らで、思ひたまへ寄るさまことなる心のほどを御覧ぜよ」と聞こえたまへど、いと似げなきことを、さも知らでのたまふとおぼして、心解《と》けたる御答《いら》へもなし。僧都おはしぬれ

ば、「よし、かう聞こえそめはべりぬれば、いと頼もしうなむ」とて、おしたてたまひつ。

尼君に何とか取り次いでもらったものの、女房を介してことばをやりとりする《かうやうの人伝なる御消息》で、尼君に自分の真意が伝わるだろうか、源氏は不安に思う。尼君に直接自分の声で語りかけたい、そして自分の思いをわかってもらいたい、源氏はことばを選んで尼君に訴える。

《かたじけなくとも、かかるついでにまめまめしう聞こえさすべきことなむ》と、率直に自分の気持ちを語り、直接の対面を願い出る。無理な申し出と恐縮しつつも、どうしても尼君に願いを聞いてもらいたい、その切羽詰まった気持ちが《かたじけなくとも》という言い方に込められる。

自分がこれから話したいと思っていることを、源氏は《まめまめしう聞こえさすべきこと》と言い表す。《まめ》は言動が浮わついてなく、誠意がこもり、実のある感じを表すことば。《聞こえさす》は申し上げるの意。「聞こゆ」に比べ特別の敬意がこもる。《べき》は意志を表す。源氏の真剣さが選ばれた一つひとつのことばから伝わる。

しかし、尼君は少女の幼さを思うと源氏が何か勘違いしているような気がしてならない。《ひがこと聞きたまへるならむ》と言ってなかなか承知しない。《ひがこと》は間違い。女房たちは源氏がこれほど本気になって申し出ているのにこのまま拒否し続けていいものかどうか、気をもむ。《はしたなうもこそおぼせ》——せっかくの誠意も無駄になって源氏はきっと間の悪い思いをするに違いない。そんな相手の立場をなくさせるようなやり方は避けなくてはならない。女房たちは尼君に面会することを勧める。

尼君も《げに、若やかなる人こそうたてもあらめ、まめやかにのたまふ、かたじけなし》と納得して、源氏の方へ座ったままの姿勢で近づいてくる。自分は《若やかなる人》ではないから源氏と直接語り合っても不都合なことはないと判断してのことだが、何よりも《まめやかにのたまふ》源氏の誠実さが尼君の心を動かす。

尼君は、源氏の熱意を《かたじけなし》と受け止めてくれた。が、源氏は自分の申し出が、《うちつけに、あさはかなり》と思われて当然の、非常識なやり方であることを自覚している。ただ源氏にとって一番大事なのは自分自身の心である。心の声に正直でありたいという源氏の意志が《心にはさもおぼえはべらねば、仏はおのづから》という言い方に表れている。自分の心に恥ずべきことかどうかが源氏の善悪の判断の基準であり、《仏》は自分の心を照らす鏡のようなものと感じている。

源氏は自分の誠意を支えに尼君に向かっていこうとするが、《おとなおとなしう、はづかしげなる》尼君の気配に圧倒される。病気で先も長くない尼君が、自身の苦しみは抑えて静かに身を支えている。源氏は尼君に言いたかったことを自身に問い直さざるを得ない。《とみにもえうち出でたまはず》——すぐにはことばを口にすることができないのだった。

尼君の方から口を開いてくれた。《げに思ひたまへ寄りがたきついでに、かくまでのたまはせ聞こえさするも、浅くはいかが》――思いがけなく対面することになって当惑している、しかし直接話し合おうとする源氏の熱意は十分伝わったと尼君は語る。尼君は源氏の強引さにひたむきな想いを感じ取り源氏を受け入れる。源氏は自分を信じてくれた尼君に心を開き一気に思いを語る。

《あはれにうけたまはる御ありさま》と源氏は話を切り出す。自分は少女の心細い身の上を《あはれ》と思う。少女の行末を思うととてもこのまま放ってはおけない。自分を、《かの過ぎたまひにけむ》母君の《御かはり》と思って頼ってもらえないだろうか。源氏は母親のような存在となって少女を守りたいと尼君に訴える。

そして心の奥に秘める自身の生い立ちの哀しみを尼君に打ち明ける。《いふかひなきほどの齢にて、むつましかるべき人にも立ちおくれはべりにければ》――母を失った時の幼さが我ながら痛ましい。《いふかひなき》ということばに源氏の哀しみが溢れる。《むつましかるべき》の《べき》は当然そうなるはずの意。生きていてくれれば自分を抱きとめ支えてくれるはずの母や祖母に幼くして取り残された、懐しい存在を失ってしまったという喪失感は源氏の心のあり方に暗い影を落とす。

自分は心の中に頼るべき拠り所をずっと持てなかった。《あやしう浮きたるやうにて、年月をこそ重ねはべれ》――源氏は自分の生きてきた歳月をこのように振り返る。心の奥に潜む空虚な思いを、《あやしう浮きたるやうにて》と冷めた目で語る。尼君に自分の心の姿を伝えたのである。

自分は未だに生い立ちゆえの哀しみを引きずっている。そこへ少女も《同じさまにものしたまふなる》と聞いて、自分を《たぐひになさせたまへ》との思いを強く持った。自分を少女と哀しみを共有できる《たぐひ》と考えて欲しい、源氏の願いはこのことに尽きるのだった。この機会を逃したら少女との縁は永遠に切れてしまうかもしれない、そういう焦りから尼君の《おぼされむところをも憚らず》、対面を願い出たのだと源氏は事の次第を語る。

尼君は源氏のことばに心を動かされ、《いとうれしう思ひたまへぬべき御こと》と受け取る。しかし、どうしても源氏が少女について誤解しているのではないかとの疑念を拭い去ることができず、《つつましうなむ》と答える。少女は自分のような《あやしき身一つ》を《頼もし人にする人》で心細い境遇にあるが、《いとまだいふかひなきほど》の幼さである。

源氏がどれほど少女を《たぐひ》として守りたいと申し出ても、尼君には源氏が少女を結婚の対象と見ているとしか思えない。今の幼い少女が源氏の妻としての立場にとても耐えられないことは明らかである。源氏の誠意は重々承知の上で、尼君は《えなむうけたまはりとどめられざりける》と丁重に、しかしきっぱりと断る。

僧都から事情は《おぼつかなからず》聞いていたので、源氏は決して少女のことで思い違いをしているのではない。しかし、男が女を望むといえば結婚と考えて尼君が不安に陥るのもわからないわけではない。だが、自分の真意がわかってもらえたのなら、《所狭うおぼし憚らで》受け入れて欲しい。狭苦しい考えにとらわれずに、《さまことなる心のほど》をわかって欲しい。源氏はただ一途に少女への情愛を伝えようとする。

しかし、世間の常識の枠におさまらない源氏独特の考えは尼君の理解を越えることだった。尼君は《いと似げなきこと》という見方を変えられず、源氏がそのことを知らずに言っているとの考えは変わらない。源氏の真剣さは尼君に伝わったが、ついに尼君は心を許すことはなかった。

その時源氏のところへ僧都が戻ってくる気配がする。源氏は《よし、かう聞こえそめはべりぬれば、いと頼もしうなむ》と言って屏風を閉め、自分の寝所として用意された部屋に戻る。快い返事はもらえなかったが、自分の願いを切り出せたことがうれしい。《よし》《いと頼もしうなむ》などの口調が、尼君に精一杯ぶつかっていったことで、心の充足感を得ていることを伝えている。

送別の宴

暁《あかつき》がたになりにければ、法華三昧《ほけざんまい》行ふ堂の懺法《せんぽふ》の声、山おろしにつきて聞こえくる、いと尊く、滝の音に響きあひたり。

吹きまよふ深山《みやま》おろしに夢さめて
　涙もよほす滝の音かな

「さしぐみに袖ぬらしける山水《やまみづ》に
　すめる心は騒ぎやはする

耳馴れはべりにけりや」と聞こえたまふ。明けゆく空は、いといたう霞みて、山の鳥ども、そこはかとなくさへづりあひたり。名も知らぬ木草《きくさ》の花ども、いろいろに散りまじり、錦を敷けると見ゆるに、鹿のたたずみありくもめづらしく見たまふに、なやましさもまぎれ果てぬ。聖《ひじり》、動きもえせねど、とかうして護身《ごしん》参らせたまふ。かれたる声の、いといたうすきひがめるも、あはれに功《くう》づきて、陀羅尼《だらによ》誦みたり。

御迎への人々参りて、おこたりたまへるよろこび聞こえ、内裏《うち》よりも御とぶらひあり。僧都、世に見えぬさまの御くだもの、何くれと、谷の底まで掘り出で、いとなみきこえたまふ。「今年ばかりの誓ひ深うはべりて、御送りにもえ参りはべるまじきこと、なかなかにも思ひたまへらるべきかな」など聞こえたまひて、大御酒《おほみき》参りたまふ。「山水《やまみづ》に心とまりはべりぬれど、内裏《うち》よりおぼつかながらせたまへるも、かしこければなむ。今、この花のをり過ぐさず参り来《こ》む。

宮人に行《ゆ》きて語らむ山桜
　風よりさきに来ても見るべく」

とのたまふ御もてなし、声《こわ》づかひさへ、目もあやなるに、
優曇華《うどんげ》の花待ち得たるここちして
深山桜《みやまざくら》に目こそ移らね
と聞こえたまへば、ほほゑみて、「時ありて一度《ひとたび》ひらくなるは、かたかなるものを」とのたまふ。

あたりが白々として夜明けも近い。法華堂からは張りのある読経の声が、山おろしの風に《つきて》聞こえてくる。この世の滅罪を願う《懺法》の尊さに身が引き締まる。読経の声は流れ落ちる滝の音に《響きあひ》、澄み切った空気を震わせている。

源氏は耳を澄ませてしみじみと聞き入る。昨夜来の胸のつかえが洗い流されていくような爽やかな気持ちになり、いつのまにか身体の疲労感が消えている。たった一日の山籠りで身も心も癒されたのを感じる。

源氏は《吹きまよふ深山おろしに夢さめて涙もよほす滝の音かな》と、今の気持ちを歌に詠む。尼君に本心を打ち明けることができたことで心が開かれ、滝の音にも涙ぐむほど感じ易くなっている。しかし、座をはずしていた僧都は源氏の歌に表された気持ちの高揚が今一つのみ込めない。

だが、きっと都では味わえない山の風物に感じるものがあったのだろうと思って、《さしぐ

みに袖ぬらしける山水にすめる心は騒ぎやはする、耳慣れはべりにけりや》と答える。《さしぐみに袖ぬらしける》は不意に涙が溢れる意。山に籠って修行する身には山水の音も耳慣れていて心が動かないものだと、自らの心境を詠んで返歌とする。

源氏は僧都の庵を辞して、聖の待つ岩屋へ向かう。清々しい山の冷気が何とも心地よい。道すがら次第に明けていく山の景色が目に止まる。

明け方の空一面に春霞がかかっている。姿は見えないが、鳥たちの《そこはかとなく》さえずっている声が聞こえる。名も知らぬ木草の花が色とりどりに《散りまじり》、山を覆っている。源氏はその《錦を敷けると見ゆる》美しさに目を奪われる。その上を鹿が《たたずみありく》光景も珍しく、目を楽しませてくれる。岩屋に着く頃にはつい先程までの《なやましさもまぎれ果てぬ》と、源氏は病がすっかり癒えて元の身体に戻ったことを感じる。

病の快癒した源氏のために、聖が《動きもえせねど、とかうして》、《護身》の術を施してくれる。《護身》は陀羅尼を唱えて、心身の災いを取り除くために行う法のこと。聖は源氏のためならどんなことをも惜しむまいと、無理の利かなくなった身体を一心に動かしている。陀羅尼を唱える声はしわがれて聞き取りにくい。しかし、《いといたうすきひがめる》声がかえって《あはれに功づきて》聞こえ、源氏は聖の誠意を有難く身に受けるのだった。《すきひがめる》は切れ切れになって変に聞こえること。「功づく」は修業の功を積むこと。

やがて、先に帰した供人たちが迎えにやってきて病気快癒を祝うことばを述べる。帝からの見舞のことばも伝えられる。いよいよ源氏が都へ帰るというので普段は静まり返った山が急に慌しくなる。

僧都も、源氏を盛大に送り出さなければと意気込んで仕度にかかる。饗応の品々を調達するのにも、《世に見えぬさまの御くだもの、何くれと、谷の底まで掘り出で、いとなみきこえたまふ》という念の入れ様である。僧都の奔走によって都でも見られないようなご馳走の数々が調い、送別の宴が始まった。

僧都は源氏に杯をすすめながら別れの挨拶をのべる。《今年ばかりの誓ひ深うはべりて》——今年一杯は山に籠って修業する身であり、自らに課した修業の戒が解けるのはまだ先である。源氏を見送るためであっても山を下りるわけにはいかない。《御送りにもえ参りはべるまじきこと、なかなかにも思ひたまへらるべきかな》と気持ちを込めて名残りを惜しむ。

源氏はそれに応えて、《山水に心とまりはべりぬれど、内裏よりおぼつかながらせたまへるも、かしこければなむ》と言う。帝の心遣いを申し訳なく思うのでこれ以上逗留できないことを伝える。けれども美しい山桜を心ゆくまで堪能せずに帰るのは心残りだ。源氏は《今、この花のをり過ぐさず参り来む》と言って再度の訪問を約束する。

源氏はその思いを《宮人に行きて語らむ山桜風よりさきに来ても見るべく》と歌に詠む。《風よりさきに》ということばで風に吹かれれば散ってしまう山桜のはかない美しさを称える。歌を詠み上げる源氏の《御もてなし》、《声づかひ》さえ僧都には《目もあやなるに》と映る。このような素晴らしい人を間近に見ることができたとは何と光栄なことか。

僧都は高ぶる気持ちを抑えきれずに、《優曇華の花待ち得たるここちして深山桜に目こそ移らね》と詠む。源氏の類まれな美しさを目にした幸運を言いたくて、三千年に一度花開くと仏典で説かれている優曇華の花に巡り合ったような心地であると言う。そこまで称えられてはさすがに源氏もこそばゆい。源氏は微笑みながら、《時ありて一度ひらくなるは、かたかなるものを》と思わず口をはさむ。《かたかなる》はめったにないこと。法華経のことばを借りて僧都の大げさなたとえに困惑する気持ちを伝える。

聖《ひじり》、御土器《かはらけ》賜《たま》はりて、

　奥山の松のとぼそをまれにあけて
　　まだ見ぬ花の顔を見るかな

とうち泣きて見たてまつる。聖、御まもりに、独鈷《とこ》たてまつる。見たまひて、僧《そう》都《づ》、聖徳太子《さうとくたいし》の百済《くだら》より得たまへりける金剛子《こんがうじ》の数珠《ずず》の玉の装束《さうぞく》したる、やがてその国より入れたる筥《はこ》の唐《から》めいたるを、透《す》きたる袋に入れて、五葉《ごえふ》の枝に付けて、紺《こん》瑠璃《るり》の壺どもに、御薬ども入れて、藤、桜などに付けて、所につけたる御贈物《おくりもの》ども、ささげたてまつりたまふ。君、聖よりはじめ、読経《どきやう》しつる法師《ほふし》の布施《ふせ》、まうけの物ども、さまざまに取りにつかはしたりければ、そのわたりの山がつまで、さるべき物ども賜《たま》ひ、御誦経《みずきやう》などして出でたまふ。

内に、僧都入りたまひて、かの聞こえたまひしこと、まねびきこえたまへど、「ともかくも、ただ今は聞こえむかたなし。もし御志あらば、いま四五年を過ぐしてこそは、ともかうも」とのたまへば、さなむ、と同じさまにのみあるを、本意《ほい》なしとおぼす。御消息《せうそこ》、僧都のもとなるちひさき童《わらは》して、

夕まぐれほのかに花の色を見て
　けさは霞《かすみ》の立ちぞわづらふ

御返し、

まことにや花のあたりは立ち憂《う》きと
　霞《かす》むる空のけしきをも見む

と、よしある手のいとあてなるを、うち捨て書いたまへり。

聖が源氏から《御土器賜はりて》——酒杯を受ける。聖は《奥山の松のとぼそをまれにあけてまだ見ぬ花の顔を見るかな》と詠む。《とぼそ》は扉のこと。素朴な詠みぶりだが、聖も《まだ見ぬ花の顔を見るかな》と源氏の尊さに感動し、源氏と出会えた歓びを歌い上げる。聖は感極まって涙ぐみながらその美しい姿を拝している。

聖は、源氏のような人には二度と病みついてほしくないと願って、護身用の《独鈷》を贈る。《独鈷》は真言宗の修業に使う仏具で、聖が長年身から離さず持っていたものである。《独鈷》に込めた聖の念力がいつまでも源氏を守ってくれるように願う。

その様子を見ていた僧都が負けじとばかり最高級の贈物を献上する。一つは聖徳太子が百済から手に入れたという《金剛子》でできた数珠である。《金剛子》は真っ黒で、固く美しい果実の核のこと。それは玉で飾られた唐風の美しい《筥》に入れられており、《筥》ごと百済から運ばれたということだ。《筥》には透かし編みの袋がかぶせてあって、五葉松の枝に付けられている。

もう一つは紺瑠璃でできた幾つかの壺である。中には薬が詰まっており、藤や桜などの枝に付けられている。僧都は当代の貴公子源氏に献上するのにふさわしい、《所につけたる》品をと考える。山に籠って修業中の身とはいえ、都人としてのたしなみを忘れない。

源氏が礼の品々を贈る。源氏は、聖を初めとして読経をしてくれた多くの法師たちへ贈る《布施》の品々や帰京の仕度品などは、京へ取りに遣ってあらかじめ取り揃えておいた。源氏の贈物は《そのわたりの山がつ》にまで及び、皆に万遍なく《さるべき物ども》が行き渡ることになった。源氏はさらに読経を依頼し、布施をすませてから帰途につく。

僧都は、源氏がいよいよ出発するという時になって、昨夜少女のことを尼君に話すと約束したのにまだ果たしていなかったことを思い出す。僧都は奥へ入ると尼君に《かの聞こえたまひしこと、まねびきこえたまへど》と、源氏のことばをそのまま尼君に伝える。尼君は《ともかくも、ただ今は聞こえむかたなし。もし御志あらば、いま四五年を過ぐしてこそは、ともかうも》と、僧都に答える。僧都はその返事を源氏に伝える。

源氏は尼君のことばを結局は《同じさまにのみある》と受け取る。尼君に直《じか》に気持ちを打ち明けた時の充たされた思いが残っていただけに、源氏は《本意なし》と失望する。《本意なし》は自分の本心に反し残念な心残りの感じを表す。このままの状態で帰京したのでは、少女との縁もはかなく消えてしまいそうで不安でならない。尼君には《いま四五年を過ぐしてこそは》と言われたが、少女を引き取りたいのは今であると、伝えて念を押しておきたい。

源氏は手紙を僧都の元に仕える童にことづける。その中で《夕まぐれほのかに花の色を見てけさは霞の立ちぞわづらふ》と歌を詠む。《霞》を自分になぞらえ、悩む意の《わづらふ》ということばで少女への未練の気持ちを表す。尼君から《まことにや花のあたりは立ち憂きと霞むる空のけしきをも見む》と返歌が届く。尼君は《まことにや》と疑問のことばを歌の初めにおいて、少女に向けられた源氏の恋心を巧みにかわす。

源氏は尼君の筆跡をつくづくと眺める。奥ゆかしく、気品の溢れる手だ。《うち捨て書いたまへり》と、筆のおもむくままに書かれた字が美しい。源氏はその筆跡に尼君の人柄を偲び、今は無理かもしれないがこの先少女との縁をつないでいけそうな気になるのだった。

めでたき人

御車にたてまつるほど、大殿《おほいとの》より、「何方《いづち》ともなくておはしましにけること」とて、御迎への人々、君達《きみたち》などあまた参りたまへり。頭《とう》の中将、左中弁《さちゆうべん》、さらぬ君達《きみたち》もしたひきこえて、「かうやうの御供は、つかうまつりはべらむ、と思ひたまふるを、あさましくおくらさせたまへること」と、うらみきこえて、「いといみじき花の蔭に、しばしもやすらはず、立ち帰りはべらむは、飽かぬわざかな」とのたまふ。岩隠れの苔《こけ》の上に並《な》みゐて、土器《かはらけ》参る。落ち来る水のさまなど、ゆゑある滝のもとなり。頭の中将、懐《ふところ》なりける笛取り出でて、吹きすましたり。弁の君、扇はかなううち鳴らして、「豊浦《とよら》の寺の西なるや」と歌ふ。人よりは異《こと》なる君達《きみたち》を、源氏の君、いといたううちなやみて、岩に寄りゐたまへるは、たぐひなくゆゆしき御ありさまにぞ、何ごとにも目移るまじかりける。例の、篳篥《ひちりき》吹く随身《ずいじん》、笙《さう》の笛持たせたるすきものなどあり。僧都《そうづ》、琴《きん》をみづから持《も》て参りて、「これ、ただ御手一つあそばして、同じうは、山の鳥もおどろかしはべらむ」と、切《せち》に聞こえたまへば、「乱りごこちいと堪《た》へがたきものを」と聞こえたまへど、けにくからずかき鳴らして、皆立ちたまひぬ。飽かずくちをしと、いふかひなき法師、わらはべも、涙を落としあへり。まして内には、年老いたる尼君たちなど、まださらにかかる人の御ありさまを見ざりつれば、この世のものともおぼえたまはずと聞こえあへり。僧都も、「あはれ、何の契りにて、かかる御さまながら、いとむつかしき日本《ひのもと》の末の世に生まれたまへらむと見るに、いとなむ悲しき」とて、目おしのごひたまふ。この若君、をさなごこちに、めでたき人かなと見たまひて、「宮の御ありさまよりも、まさりたまへるかな」などのたまふ。「さらば、かの人の御子になりておはしませよ」と聞こゆれば、うちうなづきて、いとようありなむと、おぼしたり。雛《ひひな》遊びにも、絵描《か》いたまふにも、源氏の君と作り出でて、きよらなる衣《きぬ》着せ、かしづきたまふ。

別れの挨拶が終わり、山を下りる時がきた。牛車が引き出され、源氏が乗ろうとすると、《君達》や従者たちが大勢迎えにやってくる。《大殿》が源氏の身を案じて差し向けた左大臣家の子息たちである。君達は源氏に会うなり《何方ともなくておはしましにけること》——源氏が行く先も告げずにいなくなったことを心配していたと言う。一行には源氏と仲睦まじい《頭の中将》や《左中弁》は勿論のこと、他の兄弟たちも加わっている。

君達は日頃から源氏の行動に無関心ではいられない。源氏はどこへ行ったのだろうかと《したひきこえて》ここまで追ってきた。君達は《かうやうの御供は、つかうまつりはべらむ、と思ひたまふるを、あさましくおくらさせたまへること》と言って、自分たちを供に加えてくれなかったことを恨む。「おくる」は後に残す意。源氏が病気治療のために人目を忍んで来たことなど意に介さず、君達は屈託がない。

静かな山のたたずまいは君達の登場でにわかに華やぐ。君達は源氏を迎えに来たことも忘れ、山の美しい景色に目を奪われる。人々は《いといみじき花の蔭に、しばしもやすらはず、立ち帰りはべらむは、飽かぬわざかな》と言って腰を落ちつける。この美しさを愛でないまま帰ってしまうのは何としても惜しい。

やがてその場で花見の宴が始まる。君達は岩陰の苔の上にずらりと《並みゐて》、酒を汲み交わす。そこは流れ落ちる滝の様がよく見える所で、山奥ならではの風情が素晴らしい。

頭の中将は懐に持ち合わせていた笛を取り出して、《吹きすましたり》と澄んだ美しい音色を響かせる。弁の君が笛の音に合わせて、扇で軽く調子をとりながら《豊浦の寺の西なるや》と催馬楽の一節を歌う。二人は容貌も才能も人より抜きん出た貴公子だが、源氏の側ではかすんで見える。

源氏は《いといたううちなやみて》と、苦しげな様子で岩に寄りかかるようにしている。楽しそうに管弦の遊びに興じる君達の中で、独り憂わしげな源氏の姿は一層際だつ。周りの者は《たぐひなくゆゆしき御ありさまにぞ、何ごとにも目移るまじかりける》と、我を忘れてただ源氏の放つ気高い美しさに見惚れるのだった。

そこに、いつも供を仰せ付かっている随身が《篳篥》を吹いて加わる。《篳篥》は高音の管楽器で身分の低い者が受け持つ。《笙の笛》を従者に持たせてきた《すきもの》もいて、座は一段とにぎやかになる。《笙》は十七本の竹でできた笛。僧都が自ら七弦の《琴》をかかえてくる。源氏に爪弾いてもらおうと機転を利かせたのである。僧都は《これ、ただ御手一つあそばして、同じうは、山の鳥もおどろかしはべらむ》と言って、《切に》すすめる。僧都は源氏の弦の音の加わった合奏をわずかでも聞きたい。が源氏は《乱りごこちいと堪へがたきものを》と言って辞退する。

しかし熱心に勧める僧都の気持ちを無にはしたくない。源氏は気分が悪くて気乗りがしなかったが、《けにくからず》かき鳴らしてその場を収める。《けにくからず》は無愛想にならない程度にの意。一同は満足して帰京する。

源氏を伴って君達の一行は風のように去り、山には静寂が戻る。残った者たちは源氏の気品に満ちた姿を胸に思い返しては感慨に浸っている。その辺りの法師や童までが《飽かずくちをし》と名残りを惜しんでいる。人々はあのように美しい人がこの世にいるのを知ったことだけでも有難くて涙ぐむ。

まして密かに宴を垣間見ていた奥の人々、《年老いたる尼君たち》は、これまで源氏ほどの貴公子を見たことがなかったので、興奮覚めやらぬ様子である。口々に《この世のものともおぼえたまはず》と言い合って、気持ちの高ぶりを抑えようとしない。

僧都は僧都で《あはれ、何の契りにて、かかる御さまながら、いとむつかしき日本の末の世に生まれたまへらむと見るに、いとなむ悲しき》と、源氏が美し過ぎることを嘆き悲しむ。僧都は今の日本の国を《いとむつかしき》末世と思っている。「むつかし」にはうっとうしくてそこから脱け出したいという語感がある。あのまばゆいばかりに美しい人がどうして末世などに生まれてきたのか、源氏にもっとふさわしい世も巡ってくることだろうに、そう思うと悲しみが込み上げてきて、僧都は《いとなむ悲しき》と目に溢れる涙をぬぐう。

尼君や女房たちと共に、源氏の姿を《めでたき人かな》と一心に見つめていた少女がいる。少女は《をさなごこち》に、源氏は何て美しい人なのだろうと心を奪われる。美しい人といえば少女の頭には父宮の姿が浮かぶ。しかし少女は《宮の御ありさまよりも、まさりたまへるかな》と思ったままを口にする。それを耳にした傍らの女房が、《さらば、かの人の御子になりておはしませよ》と言う。少女はこくりとうなずく。《いとようありなむ》——源氏の子だったらどんなに素晴らしいだろうと思うが、口には出さない。

美しい源氏の姿は少女の心に憧れの灯をともす。雀の子を追っていた少女にも淡い恋が芽生える。今は《雛遊びにも》、《絵描いたまふにも》、源氏の姿が浮かんでくる。密かな想いを少女は胸にしまっておけない。

少女は《源氏の君》を作ろうと思い付く。夢中になって《源氏の君》の人形を作ったり、絵に描いたりして源氏に語りかける。人形には心を込めてきれいな着物を作って着せる。思い通りに美しく仕上がった《源氏の君》に少女は満足する。少女は《源氏の君》を手元から離さず、《かしづきたまふ》——特別大切に扱うのだった。

妻の一言

君はまづ内裏《うち》に参りたまひて、日ごろの御物語など聞こえたまふ。いといたう衰

へにけり、とて、ゆゆしとおぼしめしたり。聖《ひじり》の尊《たふと》かりけることなど問はせたまふ。くはしく奏したまへば、「阿闍梨《あざり》などにもなるべき者にこそあなれ。行ひの労は積りて、公《おほやけ》にしろしめされざりけること」と、尊《たふと》がりのたまはせけり。大殿《おほいとの》、参りあひたまひて、「御迎へにもと思ひたまへつれど、忍びたる御ありきに、いかがと思ひ憚《はばか》りてなむ。のどやかに一二日うち休みたまへ」とて、「やがて御送りつかうまつらむ」と申したまへば、さしもおぼさねど、引かされてまかでたまふ。わが御車に乗せたてまつりたまうて、みづからは引き入りてたてまつれり。もてかしづききこえたまへる御心ばへのあはれなるをぞ、さすがに心苦しくおぼしける。

殿にも、おはしますらむと心づかひしたまひて、久しう見たまはぬほど、いとど玉の台《うてな》に磨きしつらひ、よろづをととのへたまへり。女君《をんなぎみ》、例の、はひ隠れて、とみにも出《い》でたまはぬを、大臣《おとど》、切《せち》に聞こえたまひて、からうしてわたりたまへり。ただ絵に描《か》きたるものの姫君のやうに、しすゑられて、うちみじろきたまふこともかたく、うるはしうてものしたまへば、思ふこともうちかすめ、山道の物語をも聞こえむ、いふかひありて、をかしううち答《いら》へたまはばこそあはれならめ、世には心も解けず、うとくはづかしきものにおぼして、年のかさなるに添へて、御心のへだてもまさるを、いと苦しく思はずに、「時々は世の常なる御けしきを見ばや。堪《た》へがたうわづらひはべりしをも、いかがとだに問はせたまはぬこそ、めづらしからぬことなれど、なほうらめしう」と聞こえたまふ。からうして、「問はぬはつらきものにやあらむ」と、後目《しりめ》に見おこせたまへるまみ、いとはづかしげに、気《け》高ううつくしげなる御容貌《かたち》なり。「まれまれは、あさましの御ことや。問はぬなどいふ際《きは》は、異《こと》にこそはべるなれ。心憂《う》くものたまひなすかな。世とともにはしたなき御もてなしを、もしおぼしなほるをりもやと、とざまかうざまにこころみきこゆるほど、いとどおぼし疎《うと》むなめりかし。よしや命《いのち》だに」とて、夜《よる》の御座《おまし》に入りたまひぬ。女君《をんなぎみ》、ふとも入りたまはず、聞こえわづらひたまひて、うち嘆きて臥《ふ》したまへるも、なま心づきなきにやあらむ、ねぶたげにもてなして、とかう世をおぼし乱るること多かり。

都へ帰ると源氏はまず内裏に出向く。帝に面会し、内密に山寺を訪ねた事情などここ数日の出来事を報告する。やつれた様子の源氏の姿を見て、帝は胸を衝かれる。《いといたう衰へにけり》と驚きを口にし、子の病を案じる親の気持ちを表に出す。源氏の美しさには常々不吉な予感があった帝は、この時も《ゆゆし》と不安を抱く。

源氏の話に耳を傾けていた帝は、病を癒してくれたという聖に強い関心を示す。岩屋に籠り修行一筋に生きる聖の尊さを源氏が詳しく伝えると、《阿闍梨などにもなるべき者にこそあなれ》と言い、聖が相当の力を持った僧であることを察する。そして、《行ひの労は積りて》――修業を積んだ高徳の僧なのに、《公にしろしめされざりける》事情から《阿闍梨》になれなかったことを惜しむ。

高位に就くことはなかったが、人々を苦しみから救うことに生涯を捧げてきたという聖の存在は帝の心をとらえる。聖に敬愛の念を抱く源氏の気持ちを帝は理解する。

源氏を待ち受けていたかのように左大臣が来合わせる。《御迎へにもと思ひたまへつれど、忍びたる御ありきに、いかがと思ひ憚りてなむ》――本当は自ら北山まで迎えに出かけたかったのだがと告げる。人目につかぬように北山を訪ねた源氏の気持ちを慮《おもんばか》って子息たちを代わりに遣わしたのだ。しかし、今日はどうしても婿を娘の元へ連れて帰らねばならない。《のどやかに一二日うち休みたまへ》と言って《やがて御送りつかうまつらむ》――このまま自分が供をして邸へ送ると申し出る。左大臣にそこまで言われてはさすがの源氏も断れない。

左大臣は相変わらず源氏を帝の御子として大切にもてなす。牛車でも源氏に上座を譲って《みづからは引き入りて》席に着く。「引き入る」は引きさがるの意。末席に身を引き痛々しいまでに心遣いする左大臣が源氏は気の毒になる。女君の待つ邸を訪れるのは《さしもおぼさねど》と気が進まないが、左大臣の厚意を無にすることもできず、《引かされて》内裏を後にする。

左大臣邸は、しばらく見ないうちに前にも増して《いとど玉の台に磨きしつらひ》、一分のすきもない気遣いがそこここに感じられる。

だが女君はいつもと変わらず《はひ隠れて、とみにも出でたまはぬ》様子である、父親の左大臣が《切に》言い聞かせて、《からうして》源氏の前に姿を現す。久しぶりに会う女君の姿は《ただ絵に描きたるものの姫君のやうに、しすゑられて、うちみじろきたまふこともかたく、うるはしうてものしたまへば》と源氏の目に映る。

女君は女房たちに据えられたまま見じろぎもしないで座っている。動きのない物語絵の姫君のような女君を前にして源氏はことばが出ない。つい独り心につぶやく。《思ふこともうちかすめ、山道の物語をも聞こえむ》——構えずに何事も語り合えたらどんなにいいだろう、こちらが話しかけた時には、女君も《をかしううち答へ》と、会話が弾めばさぞかし《あはれならめ》と源氏は想像する。

しかし、目の前にいる女君は《心も解けず》とりつくしまがない。黙って向かい合っているとますます女君のことが《うとくはづかしきもの》に感じられる。女君との間にしらけた空気が漂い、源氏は気詰まりでならない。

思えば二人の間柄は初めからぎくしゃくしていた。《年のかさなるに添へて、御心のへだてもまさる》自分たち夫婦の来し方行く末を考えると源氏は息苦しくなる。沈黙に耐えきれなくなって源氏は女君に愚痴をこぼす。

《時々は世の常なる御けしきを見ばや》——時には世間並みの妻らしい心遣いを見せて欲しい。夫の自分が《堪へがたうわづらひはべりし》時にも、女君は《いかが》とさえ聞いてくれない。《めづらしからぬことなれど、なほうらめしう》と、源氏は妻に不満を持つ夫として女君に恨み言をぶつける。

女君は《からうして》口を開くや意外なことばを返してきた。《問はぬはつらきものにやあらむ》、女君はそれだけ言うと、《後目に見おこせたまへるまみ》に、短いことばで言い尽くせない思いを込める。源氏を目尻でとらえながら、《いかが》と尋ねないことが本当につらいのかと切り返した女君の一言は、源氏の心に突き刺さる。だが女君を見れば《いとはづかしげに、気高ううつくしげなる御容貌》と相変わらず美しい。

虚を突かれて動揺する源氏は、《まれまれは、あさましの御ことや。問はぬなどいふ際は、異にこそはべるなれ。心憂くものたまひなすかな。世とともにはしたなき御もてなしを、もしおぼしなほるをりもやと、とざまかうざまにこころみきこゆるほど、いとどおぼし疎むなめりかし。よしや命だに》と一気にしゃべり続けて劣勢を挽回しようとする。

口数の少ない女君を源氏は甘く見ていたようだ。いつも無表情な女君の様子から察して、女君が自分たちの間柄について何かを感じ取っているとは思わなかった。しかし、女君は二人の関係の核心に触れることばを投げつけてきた。女君は源氏の愛情が自分に向けられていないことをわかっていたのだ。妻の痛烈な皮肉は源氏の胸に響く。

源氏は女君のことばに自分への鋭い批判が潜んでいることを感じ取る。自分は二人の心が冷え切っているのを承知の上で、《いかがとだに問はせたまはぬこそ》《うらめしう》などと空々しい恨み言を言ってごまかそうとしたのではないか。

批判が当たっていると感じるからこそ女君がいまいましい。めったにものを言わないのに、《まれまれ》に何か言うかと思えばとんでもないことを言うと源氏はあきれる。《あさましの御ことや》という言い方に源氏の受けた衝撃の大きさがうかがえる。

しかし、源氏は女君のことばを受け止めようとしない。《問はぬはつらきもの》ということばは恋人が交わし合った歌の中の句であり、自分たちにあてはめるのは見当違いだと指摘して、女君の気持ちをはぐらかす。源氏はあくまでも女君に責めを負わせたい。《世とともに》――結婚して久しいのに、女君の《はしたなき御もてなし》は一向に変わらないではないか。いつの日か改めてくれることもあろうかと期待して《とざまかうざまにこころみきこゆる》などと、その場しのぎの言い訳をする。《とざまかうざま》という大げさなことばがかえってうつろに聞こえる。

自分は女君に心を砕いてきたのに、女君は《いとどおぼし疎むなめりかし》と言い張る。自分は妻に疎まれ理解されない哀れな夫なのだと言い、揚げ句の果ては《よしや命だに》と居直る。命さえ長らえていればきっと自分のことをわかってもらえると、源氏はいよいよ本心からほど遠いことを口走る。

源氏は女君を責めたことばがそのまま自分にはね返ってくることを知りつつも、女君の対応の仕方が腹立たしくてならない。歌を詠みかけてくるわけでもなく、愚痴をこぼすわけでもない、いきなり矢のように鋭い一言を放ってきて後は押し黙っている。

今宵も二人の心はすれ違ったまま夜の床を共にする時を迎える。源氏が《夜の御座》に入っても女君は《ふとも入りたまはず》と後に続こうとしない。そんな女君を源氏も《聞こえわづらひたまひて》、寝所に誘おうとしない。

重苦しい時が流れる。源氏は一人臥せってはいるが目は冴えるばかりだ。この時の源氏の心境を語り手が《なま心づきなきにやあらむ》と推し量る。心が触れ合うことがないのに、夫婦という形で夜を共に過ごさねばならない。源氏が味わわねばならなかった苦痛を「なま心づきなし」ということばが伝える。《なま》は中途半端な不快さを表すことば。

《ねぶたげにもてなして》、源氏はこの苦しさから逃れようとする。眠っていれば妻を誘わなくても不自然ではない。眠たそうなふりをしながら《とかう世をおぼし乱るること多かり》と、縁のあった女たちの顔を次々と思い浮かべ眠れぬ夜を過ごす。妻との関係は勿論のこと、いずれの恋にも源氏の心は充たされないのだった。

小さき結び文

この若草の生《お》ひ出でむほどのなほゆかしきを、似げないほどと思へりしも道理《ことわり》ぞかし、言ひ寄りがたきことにもあるかな、いかにかまへて、ただ心やすく迎へ取りて、明け暮れのなぐさめに見む、兵部卿《ひやうぶきやう》の宮は、いとあてになまめいたまへれど、にほひやかになどもあらぬを、いかでかの一族《ひとぞう》におぼえたまふらむ、ひとつ后腹《きさきばら》なればにや、などおぼす。ゆかりいとむつましきに、いかでかと、深うおぼゆ。またの日、御文《ふみ》たてまつれたまへり。僧都《そうづ》にもほのめかしたまふべし。尼上には、もて離れたりし御けしきのつつましさに、思ひたまふるさまをもえあらはし果てはべらずなりにしをなむ。かばかり聞こゆるにても、おしなべたらぬ志のほどを御覧じ知らば、いかにうれしう。

などあり。中《なか》に小さく引き結びて、

　おもかげは身をも離れず山桜
　　心の限りとめて来《こ》しかど

夜《よ》の間《ま》の風も、うしろめたくなむ。

とあり。御手などはさるものにて、ただはかなうおし包みたまへるさまも、さだすぎたる御目どもには、目もあやに、このましう見ゆ。あなかたはらいたや、いかが聞こえむと、おぼしわづらふ。

ゆくての御ことは、なほざりにも思ひたまへなされしを、ふりはへさせたまへるに、聞こえさせむかたなくなむ。まだ難波津《なにはづ》をだにはかばかしう続けはべらざめれば、かひなくなむ。さても、

　嵐吹く尾《を》の上《へ》の桜散らぬ間《ま》を

心とめけるほどのはかなさ

いとどうしろめたう。

とあり。

都に帰ってからも、《この若草の生ひ出でむほどのなほゆかしきを》と、源氏はあの初々しい少女のことが心にかかって忘れられない。少女の《生ひ出でむほど》を側で見守っていきたいという気持ちが一層募る。

しかし、尼君たちが少女の年齢を結婚には《似げないほど》と考えるのも《道理ぞかし》と思う。尼君の不安を思うとさすがの源氏も《言ひ寄りがたきことにもあるかな》と困惑する。今まで言い寄った女のようにはいくまいと思う。

だが源氏はあきらめない。《いかにかまへて、ただ心やすく迎え取りて》と、無理なく迎える手だてはないものかと思案する。《明け暮れのなぐさめに見む》――少女を守り育て、心の空洞を埋めたいと期待は膨らむ。

少女に想いを馳せる源氏の脳裏に父親の兵部卿の宮の風貌が浮かぶ。《いとあてになまめいたまへれど、にほひやかになどもあらぬを》と、源氏は細やかに印象をたどる。上品な美しさでは非の打ちどころがない兵部卿の宮だが、《にほひやかに》という美しさには欠ける。あの愛くるしい少女の父であるにしては、人を惹き付ける華やかな気配がなく物足りない人だと源氏は感じる。

少女は父親よりもむしろ藤壺の面影に似通っていると思う。《いかでかの一族におぼえたまふらむ》――山で出会った少女が、帝の御子たちである《かの一族》に似ているという事実が源氏には不思議に感じられるのだ。が、《ひとつ后腹なればにや》――兵部卿の宮と藤壺が兄妹であれば少女が藤壺に似ているのもうなずける。藤壺の血が少女に流れている、その《ゆかり》がうれしくて、源氏は一層少女への愛着を募らせる。どうにかして少女を得たいという欲求が深まっていく。

《またの日》、早速源氏は行動に移す。山寺に滞在中の尼君に《御文》を届ける。《僧都にもほのめかしたまふべし》と語り手が推測するように、源氏は僧都にも礼を怠らず事を進める。尼君への手紙は《もて離れたりし御けしきのつつましさに》と、山寺で突然少女の話を切り出した時のことから書き起こされていた。あの時、尼君に突き放されて自分は気後れがしてしまった。だから《思ひたまふるさまをもえあらはし果てはべらずなりにしをなむ》――心に思うことを充分に伝え切れていないのだと言う。《え》《果て》《なりにし》《なむ》等の強意のことばを重ね、源氏は尼君に訴える。

自分は、身軽な旅ゆえの気紛れから申し出たのではない、そのことをわかってもらいたいという気持ちが、《かばかり聞こゆるにても、おしなべたらぬ志のほどを御覧じ知らば、いかにうれしう》という文面に溢れている。今、尼君の不安を取り除くには、自分の誠意を信頼してもらうしかない、その源氏の強い意志が、《おしなべたらぬ志》ということばから伝わってくる。

手紙の中に《小さく引き結びて》、少女宛の文が同封されていた。《おもかげは身をも離れず山桜心の限りとめて来しかど》と歌が詠まれ、《夜の間の風も、うしろめたくなむ》とことばが添えられている。少女の《おもかげは身をも離れず》と、少女に強く惹かれる自分の気持ちを伝え、薄紅の山桜を恋うることばに少女への想いを託す。源氏にとって少女は、幼くとも異性への憧れをかきたてる存在であり、小さく結ばれた文は可憐な少女に贈るにふさわしい恋文だった。

結び文に目を通していた尼君や女房たちは、源氏の筆跡の美しさに目を奪われる。そればかりか、《さだすぎたる》尼君たちの《御目ども》には、源氏が無造作に包んだ結び文の包み方さえもが《目もあやに》素晴らしく見える。《あや》は驚嘆を表すことば。洗練された美しさのにじみ出ている貴公子からの恋文が、尼君たちにどれほどまぶしく映ったことか。盛りの年頃を過ぎて華やかなことから縁遠くなっている尼君たちの様子を、《さだすぎたる》ということばが伝える。

《あなかたはらいたや、いかが聞こえむ》と尼君は返事に窮するが、どうにかして文をしたためる。先日山寺で申し出を受けた時はとても本気とは受け取れなかったが、今こうして《ふりはへさせたまへる》源氏の熱意を見ては、《聞こえさせむかたなくなむ》――返事のしようもないと書く。「ふりはふ」はわざわざすること。

源氏が何と言ってくれても少女の幼さはどうすることもできない。尼君は《まだ難波津をだにはかばかしう続けはべらざめれば、かひなくなむ》と書いて、わけもなく断っているのではないことをわかってもらおうとする。《難波津》は「難波津に咲くやこの花冬ごもり今は春べと咲くやこの花」という幼児の手習いの手本。仮名で続けて書くことさえできない子供だと尼君は言う。

尼君は、源氏の真摯な気持ちは認めるものの、今はそれを受け止められないので、源氏の手紙のことばをなぞって返歌とする。《嵐吹く尾の上の桜》の《散らぬ間》だけ《心とめける》とは、何という《はかなさ》よ、と恨んでみせて源氏の恋心をかわす。

僧都《そうづ》の御返りも同じさまなれば、くちをしくて、二三日ありて、惟光《これみつ》をぞたてまつれたまふ。「少納言の乳母《めのと》といふ人あべし。尋《たづ》ねて、くはしう語らへ」などのたまひ知らす。さもかからぬ隈《くま》なき御心かな、さばかりいはけなげなりしけはひをと、まほならねども、見しほどを思ひやるもをかし。わざとかう御文《ふみ》あるを、僧都もかしこまりきこえたまふ。少納言に消息《せうそこ》して会ひたり。くはしく、おぼしのたまふさま、おほかたの御ありさまなど語る。言葉多かる人にて、つきづきしう言ひ続くれど、いとわりなき御ほどを、いかにおぼすにかと、ゆゆしうなむ誰も誰もおぼしける。御文《ふみ》にも、いとねむごろに書いたまひて、例の、中《なか》に、「かの御放ち書きなむ、なほ見たまへまほしき」とて、

あさか山浅くも人を思はぬに
　など山の井のかけ離るらむ

御返し、

汲みそめてくやしと聞きし山の井の
　浅きながらや影を見るべき

惟光も同じことを聞こゆ。「このわづらひたまふことよろしくは、このころ過ぐして、京の殿に渡りたまひてなむ、聞こえさすべき」とあるを、心もとなうおぼす。

僧都からの返事にも同じような趣旨のことが書かれていた。

源氏は、尼君たちが断る理由が理由なだけに、快い返事がもらえないのが《くちをしくて》気持ちが収まらない。こういう場合は惟光に頼むしかあるまいと思い至る。惟光を呼び出し使者として山寺に遣わす。《少納言の乳母》という人がいるはずなのでその人を尋ね、《くはしう語らへ》と難問を託す。少女の傍らで世話をしていたあの乳母がその気になってくれれば、尼君を動かせるかもしれない。

一心同体となって源氏に尽くしてきた惟光もこの度の懸想には驚く。惟光は源氏の気が知れない。《さばかりいはけなげなりしけはひ》の少女に執着するとは、《さもかからぬ隈なき御心かな》と思う。「隈なし」はすべてに心が行き届いていること。どのような折も逃さず美しい女には敏感に反応する源氏に惟光はほとほと感心する。

源氏とともに少女を《まほならねども》垣間見した時のことを思い浮かべてみるが、惟光には源氏があんな子供っぽい少女に何故ここまで惹かれるのかがわからない。が、惟光は自分の理解を越えたそういう源氏に魅力を感じてどこまでも付いていこうとする。惟光のそんな心境を《見しほどを思ひやるもをかし》の《をかし》が語る。

わざわざ使者を立てて源氏から申し入れがあったことに僧都も恐縮する。惟光は源氏の指図通り少納言に会えるよう取り計らってもらい、源氏の《おぼしのたまふさま》《おほかたの御ありさま》などを《くはしく》伝える。身近に仕える惟光にしかわからない源氏の様子をこと細かに語り、源氏が真剣であることをわかってもらおうとする。

《言葉多かる人にて、つきづきしう言ひ続くれど》と、主人の想いを遂げるために熱弁をふるう惟光の姿が生き生きと描かれる。「つきづきし」は「付き付きし」で、そのものにぴったり合う感じを表す。その場にふさわしい言い方を心得て、もっともらしく語る惟光の面目躍如といったことばである。

だが、惟光がいくら説得しても、《いとわりなき御ほど》を源氏はどう思っているのかと、尼君たちは不信感を拭い去ることができない。《ゆゆしうなむ誰も誰もおぼしける》と少女を見守る人たちの誰もがわけのわからない不安にとらわれる。

惟光に持たせた《御文》にも、源氏は心の籠ったことばを寄せる。中にはいつものように少女への結び文がしたためられている。《かの御放ち書きなむ、なほ見たまへまほしき》と歌の前に一言添えて、少女と直接文のやりとりをしたいと伝えてきた。源氏は少女を偲ぶよすがとしてたどたどしい筆跡をこの目で見たい。尼君が少女は手習いさえ上手にできない子供だからと、少女に返事を書かせないのを源氏は残念に思っていたのだ。

少女への歌は恋人に対するように《あさか山浅くも人を思はぬに》と詠んで自分の想いの深さを訴え、《など山の井のかけ離るらむ》と心を寄せてくれないことを恨む。《難波津》の歌と同様に手習いの手本として少女が親しんでいる古歌「あさか山影さへ見ゆる山の井の浅くは人を思ふものかは」のことばを借りて歌う。源氏は少女の目の高さに合わせて心を通わせようとする。

尼君は惟光に返歌を託す。源氏の真剣さは疑わないが、尼君にとってどうしても越えられない一線がある以上、返歌の形にすれば相手をなじる調子になる。北山から帰った惟光は《汲みそめてくやしと聞きし山の井の浅きながらや影を見るべき》という尼君の歌を伝える。源氏の歌の《山の井》から薄情な人を恨む古歌を連想し、《浅きながらや影を見るべき》――志の浅い源氏に大切な少女を託すわけにはいかないと言う。

少納言からは丁重な挨拶が届く。尼君の病が多少とも回復したら、《京の殿》に帰り次第きちんと返事をしたいと言ってきた。結論が先送りにされ、少女への想いは宙に浮いたままとなる。源氏は《心もとなう》ということばそのままの、不安定な心を抱えて時を過ごすことになる。

密会

藤壺《ふじつぼ》の宮、なやみたまふことありて、まかでたまへり。上《うへ》の、おぼつかながり嘆ききこえたまふ御けしきも、いといとほしう見たてまつりながら、かかるをりだにと、心もあくがれまどひて、何処《いづく》にも何処《いづく》にも、まうでたまはず、内裏《うち》にても里にても、昼はつれづれとながめ暮らして、暮るれば、王命婦《わうみやうぶ》を責めありきたまふ。いかがたばかりけむ、いとわりなくて見たてまつるほどさへ、うつつとはおぼえぬぞ、わびしきや。宮も、あさましかりしをおぼしいづるだに、世とともの御もの思ひなるを、さてだにやみなむと深うおぼしたるに、いと心憂くて、いみじき御けしきなるものから、なつかしうらうたげに、さりとてうちとけず、心深うはづかしげなる御もてなしなどの、なほ人に似させたまはぬを、などか、なのめなることだにうちまじりたまはざりけむと、つらうさへぞおぼさるる。何ごとをかは聞こえ尽くしたまはむ。くらぶの山に宿りも取らまほしげなれど、あやにくなる短夜《みじかよ》にて、あさましうなかなかなり。

見てもまた逢ふ夜まれなる夢《ゆめ》のうちに
　やがてまぎるるわが身ともがな

と、むせかへりたまふさまも、さすがにいみじければ、

世語りに人や伝へむたぐひなく

憂き身をさめぬ夢になしても

おぼし乱れたるさまも、いと道理《ことわり》にかたじけなし。命婦《みやうぶ》の君ぞ、御直衣《なおし》などは、かき集め持《も》て来たる。殿《との》におはして、泣き寝に臥し暮らしたまひつ。

そのころ藤壺は《なやみたまふことありて》、体調を崩し里に戻っていた。帝は最愛の后の不在が心細い。病はどうか、いつ宮中に戻れるかなどと、后の身を案じては嘆く。悲嘆にくれる帝の様子を源氏は《いといとほしう見たてまつりながら》も、自ずと胸が高鳴ってくるのを抑えられない。藤壺が里下がりをしている、源氏の期待は膨らんで心の中を駆け巡る。《かかるをりだに》と、ささやく声が聞こえる。

この機会を逃したらいつ逢えるというのだ、そう思うと常日頃は胸の奥深く秘めている藤壺への想いが溢れ、《心もあくがれまどひて》居ても立ってもいられない。「あくがる」は魂が身から離れてさまよう状態を指す。源氏は藤壺に逢いたいということの他は何も考えられず上の空で過ごす。

源氏の様子は《何処にも何処にも、まうでたまはず、内裏にても里にても、昼はつれづれとながめ暮らして》と語られる。昼はじっと物思いにふけっているが、《何処にも何処にも》《内

裏にても里にても》という繰返しのことばが、心の中は緊張し切って時を待っていたことを伝える。

夜になると《王命婦を責めありきたまふ》と、手引きをせがんで王命婦の所に足を運ぶ。《王命婦》は藤壺が信頼する女房。《責めありきたまふ》ということばから、無理を迫って王命婦を困らせる源氏の様子がうかがえる。

《いかがたばかりけむ、いとわりなくて見たてまつるほどさへ、うつつとはおぼえぬぞ、わびしきや》——どのようにして王命婦が手引きをしてくれたのか、定かではない。気が付いてみると傍らに藤壺がいる。無理を重ねて想いを叶えたはずなのに、何故か現実のこととは思えない。これは夢の中の出来事ではないか。夢であるならばやがては覚めて何もかも消えてしまう。そう思うとたとえようのない切なさが源氏を襲う。《わびしきや》と、源氏は心に広がる悲しみをどうすることもできない。

藤壺も《あさましかりしをおぼしいづるだに》と心の葛藤に苦しんできた。《あさましかりし》の《し》は過去を表す。二人がすでに逢っていたことが明かされる。逢ってはならぬ人との逢瀬のことが藤壺の脳裏をよぎる。秘める心を源氏に明かしてしまった、《あさましかりし》わが身が思い出すさえいとわしい。《世とともの御もの思ひなるを》——あの時以来、帝を裏切ってしまったことでどんなに心を苛まれ、苦しみ続けてきたことか。《世とともの》はつねにの意。《さてだにやみなむと深うおぼしたるに》——源氏との恋は心の奥底に収めよう、もう二度と逢ってはならないのだ、帝のひたむきな心をこれ以上欺き続けることなど許されようか。《深う》ということばが藤壺の葛藤の深さを伝える。

しかし、そう固く心に思い決めながらも、藤壺は目の前の源氏を拒むことができない。一途に迫る源氏の熱い想いが藤壺の心を波立たせる。源氏に惹かれる気持ちが閉ざした心のすきまからこぼれ出る。そんな藤壺の様子は《いみじき御けしきなるものから、なつかしうらうたげに》と源氏の目を通して描かれる。《いみじき御けしき》と、藤壺の表情には苦悩の色のにじむのが源氏にもわかる。だが《ものから》という逆接のことばが示すように、藤壺の振舞には《なつかしうらうたげに》そこはかとない懐かしさが漂っている。

しかし藤壺は《さりとてうちとけず、心深うはづかしげなる》と、凜とした気高い姿勢を崩さない。苦しみを奥底にたたえた藤壺の内面に触れ、その《御もてなし》に源氏は魅了される。藤壺はやはり他と比べることなどできない特別の人だ。それにしても《などか、なのめなることだにうちまじりたまはざりけむ》と、源氏はため息が出るばかりである。藤壺はどうしてこう何もかも素晴らしいのだ、少しでも《なのめなること》があればこんなに惹かれずにすむのにと思う。《などか》《だに》などのことばが藤壺の魅力に圧倒されている源氏の心情を伝える。今となっては藤壺が自分の求める理想の人であるのがかえって《つらうさへぞ》思えてならない。

《何ごとをかは聞こえ尽くしたまはむ》——源氏の想いは胸に渦巻く。だが言いたいことは何一つ言えない。時だけは瞬く間に過ぎてゆく。《何ごとをかは》という反語のことばにやるせない気持ちが籠る。

源氏は、いつまでも夜が明けないといわれる《くらぶの山》にでも泊まりたい心境であろうと、語り手が察して言う。だが、《あやにくなる短夜にて》、別れの時がすぐにやってくる。語り手は源氏の悲しみを思うと見ていられない気がする。《あさましうなかなかなり》――いっそ逢わなければよかったのにと一言漏らさずにはいられない。

源氏は《見てもまた逢ふ夜まれなる夢のうちにやがてまぎるるわが身ともがな》と、別れの歌を詠む。夢のような束の間の逢瀬であった。いつまた逢えるかわからない藤壺は自分にとってやはり夢の中の人だ、このまま自分も夢の中に紛れ込んでしまいたい。源氏は今の心境をそのまま藤壺に訴える。源氏のことばはことばにならず《むせかへりたまふさまも》と、身も世もなく泣いて取り乱す。

激しく動揺する源氏を見ると《さすがにいみじければ》と、藤壺も心を動かされる。藤壺は《世語りに人や伝へむたぐひなく憂き身をさめぬ夢になしても》と詠んで、源氏に応える。源氏のことばに呼応して《憂き身をさめぬ夢になしても》と下の句を結んでいるが、藤壺は冷めた目で自分の心を見つめる。

藤壺は《世語りに人や伝へむ》と、わが身の恐ろしい行末を口にする。この《憂き身》を一時の夢に委ねてもどうにもならない、苦しみ続けることに変わりはないのだ。帝を欺いた罪はこの身に引き受けねばならないと藤壺は覚悟している。藤壺は源氏との恋に自らの手で幕を引く。

源氏に逢うのもこれで最後と思えば、藤壺も源氏との別れがつらい。藤壺の《おぼし乱れたるさま》に、源氏は胸をかきむしられる。自分のために藤壺が苦しんでいるのがたまらず、《かたじけなし》と思う。源氏は別れの時も忘れ茫然とする。

そこへ突然王命婦が慌しくやってきて、現実に引き戻される。王命婦は源氏が脱ぎ散らしたままの直衣などを《かき集め》て持ってくる。藤壺のすべてを求め、忘我のうちに過ごした一夜の様をそれらは生々しく語る。源氏がこれ以上邸に留まってはいられないことを告げに来たのである。

自邸へ戻っても源氏は《泣き寝に臥し暮らしたまひつ》と、密会の衝撃から容易に立ち直ることができなかった。

懐妊

御文《ふみ》なども、例の、御覧じ入れぬよしのみあれば、常のことながらも、つらういみじうおぼしほれて、内裏《うち》へも参らで、二三日籠りおはすれば、またいかなるにかと御心動かせたまふべかめるも、恐ろしうのみおぼえたまふ。宮も、なほいと心憂き身なりけりとおぼし嘆くに、なやましさもまさりたまひて、とく参りたまふべき御使しきれど、おぼしも立たず。まことに御ここち例のやうにもおはしまさぬはいかなるにかと、人知れずおぼすこともありければ、心憂く、いかならむとのみおぼし乱る。暑きほどはいとど起きもあがりたまはず。三月《みつき》になりたまへば、いとしるきほどにて、人々見たてまつりとがむるに、あさましき御宿世《すくせ》のほど心憂し。人は思ひ寄らぬことなれば、この月まで奏《そう》せさせたまはざりけることと、おどろききこゆ。わが御心一つには、しるうおぼしわくこともありけり。御湯殿《ゆどの》などにも親《した》しうつかうまつりて、何ごとの御けしきをもしるく見たてまつり知れる、御乳母子《めのとご》の弁《べん》、命婦《みやうぶ》などぞ、あやしと思へど、かたみに言ひあはすべきにあらねば、なほのがれがたかりける御宿世《すくせ》をぞ、命婦《みやうぶ》はあさましと思ふ。内裏《うち》には、御もののけのまぎれにて、とみにけしきなうおはしましけるやうにぞ奏しけむかし。見る人もさのみ思ひけり。いとどあはれに限りなうおぼされて、御使などのひまなきもそら恐ろしう、ものをおぼすこと、ひまなし。

源氏は藤壺がどうしても忘れられない。いつまた逢えるかわからないのに、胸の想いを何ひとつ伝えられなかった。藤壺への未練の情は日毎に募るばかりである。源氏は思い余って手紙を書く。

だが、《御覧じ入れぬよしのみ》——藤壺は手紙を手に取ろうともしないと王命婦が伝えてくるばかりだった。藤壺は自分とのかかわりを断とうとしている。

藤壺から返事がないのはいつものことだが、密会の後で気持ちが張りつめている時だけに、

《つらういみじうおぼしほれて》と源氏は打ちのめされる。「おぼしほる」の「ほる（惚る）」は放心状態を示す。この想いはどうしたら伝えられるのか。目の前が真っ暗になる。

源氏は二、三日自邸に引き籠ったまま内裏へ顔を出す気力もない。帝が何かあったのではと《御心動かせたまふべかめるも》、源氏には《恐ろしうのみ》感じられる。帝の心の動き一つにももはや無心ではいられない源氏の、追いつめられた心境を《のみ》ということばが強調する。

藤壺の方も《なほいと心憂き身なりけりとおぼし嘆くに》と、以前にも増して深くわが身を責め苛む。密会の後、一層罪の意識に苦しむ藤壺を、さらにという意を持つ《なほ》が伝える。心の苦痛に加えて身体の方も《なやましさ》が募り、ひどくだるい。藤壺の参内の遅れを心配する帝からは、《とく参りたまふべき》旨を託した《御使しきれど》と、勅使が頻繁に遣わされる。

しかし藤壺はとてもその気になれない。帝の前へ出ることのうしろめたさもあったが、事実《御ここち例のやうにもおはしまさぬはいかなるにか》と、身体の異変に悩まされていたのである。

藤壺は《人知れずおぼすこともありければ》、もしやつわりではないかという恐れが頭をかすめる。藤壺は《心憂く、いかならむとのみおぼし乱る》と、激しい動揺に襲われる。懐妊だとしたら恐ろしいことになる、帝ばかりでなく世の人々をも欺き通さなければならない、そう思うと藤壺は生きた心地がしない。

日が経つと胸中の恐れは《暑きほどはいとど起きもあがりたまはず》と、身体の異常にとってかわる。夏の暑さが身にこたえ、藤壺はつわりがひどくて身動きもままならないほど弱る。三月たつ頃には妊娠の徴候がはた目にもわかる形で現れる。女房たちがそれを《見たてまつりとがむるに》と、見逃すわけはなく、やがて人々の間で取沙汰されるようになる。妃の懐妊は人々の耳目を引く公の出来事となる。藤壺は懐妊の事実を妃として受け入れなければならない。それは身籠った子は帝の御子以外あり得ないということである。《あさましき御宿世のほど心憂し》と、今更のように源氏と出会ってしまった自分の運命をうとましく思う。藤壺は子まで宿したことで罪の深さを思い知らされる。

周囲の人々は源氏とのことなど《思ひ寄らぬことなれば》、藤壺がこの月になるまで帝に告げないでいたことを不審がる。人々はこんな喜ばしいことをなぜ黙っていたのか解せない。だが藤壺は《わが御心一つには、しるうおぼしわくこともありけり》と、源氏の子に間違いないことにはっきりと気づく。《しるう》は他と区別されてきわだつ意。藤壺は心に広がる闇をじっと見つめる。

《御乳母子の弁》と王命婦は普段から《御湯殿などにも親しうつかうまつりて》、藤壺に寄り添うようにして、身の周りの世話をしている。主人のことならば《何ごとの御けしきをもしるく見たてまつり知れる》ので、無論懐妊の徴候を見逃すわけはない。里下がりの時期の懐妊を内心《あやし》と、疑問に思っていたが、互いにそのことを口にはしない。

しかし、王命婦の方は源氏の子に違いないと察しがつく。王命婦は《なほのがれがたかりける御宿世をぞ》と、心に衝撃を受ける。源氏とは子まで成す深い縁だったのだ。こういうことになるかもしれないと一抹の不安を抱きながらも手引きをしてしまった自らの軽率さを悔やむが、どうにもならない。王命婦は事の重大さに《あさまし》と思い啞然とするばかりである。

藤壺に仕える女房たちは主人の懐妊を、この月になるまで帝に報告しなかったことについて申し開きをしなければならない。女房たちは《御もののけのまぎれにて、とみにけしきなうおはしましけるやうにぞ》と、物の怪のせいですぐにはわからなかったということにしたらしいと、語り手が付け加える。一通りでなく苦しんでいた主人の様子を見ていた女房たちは《さのみ思ひけり》と、疑いもしない。

帝は藤壺の懐妊を知ると《いとどあはれに限りなうおぼされて》と、藤壺が恋しくてすぐにでも逢いたいと思う。帝の気持ちを伝える勅使が絶えず里を訪れる。だが、その度に藤壺は《そら恐ろしう》と感じる。帝の深い愛情を知れば知るほど、欺いていることが恐ろしい。しかし帝と対面することをいつまでも避けてはいられない。やがては帝と顔を合わせなければならない。《ものをおぼすこと、ひまなし》と藤壺は心痛で片時も心安まる時がない。

中将の君も、おどろおどろしうさま異《こと》なる夢を見たまひて、合はする者を召して問はせたまへば、及びなうおぼしもかけぬ筋のことを合はせけり。「その中に違《たが》ひめありて、つつしませたまふべきことなむはべる」と言ふに、わづらはしくおぼえて、「みづからの夢にはあらず、人の御ことを語るなり。この夢合ふまで、また人にまねぶな」とのたまひて、心のうちには、いかなることならむとおぼしわたるに、この女宮の御こと聞きたまひて、もしさるやうもやとおぼしあはせたまふに、いとどしくいみじき言《こと》の葉《は》尽くしきこえたまへど、命婦《みやうぶ》も思ふに、いとむくつけう、わづらはしさまさりて、さらにたばかるべきかたなし。はかなき一行《ひとくだり》の御返りのたまさかなりしも、絶え果てにたり。七月になりてぞ参りたまひける。めづらしうあはれにて、いとどしき御思ひのほど限りなし。すこしふくらかになりたまひて、うちなやみ、面痩《おもや》せたまへる、はた、げに似るものなくめでたし。例の、明け暮れこなたにのみおはしまして、御遊びもやうやうをかしき空なれば、源氏の君も暇《いとま》なく召しまつはしつつ、御琴《こと》、笛《ふえ》など、さまざまにつかうまつらせたまふ。いみじうつつみたまへど、忍びがたきけしきの漏《も》り出づるをりをり、宮も、さすがなる事どもを多くおぼし続けけり。

一方、源氏の方は《おどろおどろしうさま異なる夢》をみる。ただならぬ夢に胸騒ぎを覚えた源氏は、夢解きをする者を呼んで質問する。すると夢解きの者は《及びなうおぼしもかけぬ筋のこと》を予言する。《及びなう》も《おぼしもかけぬ》も、考えもつかない意。さらに夢解きの者は、将来《違ひめ》に会い、そのために身を《つつしませたまふべきこと》があるだろうと言う。《違ひめ》は不本意な事態の意。

《及びなうおぼしもかけぬ筋のこと》と聞いて、源氏は藤壺のことが世に漏れることを恐れる。夢解きの者に、夢が自分のことと思われるのを《わづらはしくおぼえて》用心する。これは自分のことではない、気易く話題にできない尊い《人の御こと》を話しているのだ。源氏は敬語を用いて夢解きの者に言い聞かせる。《夢合ふ》——夢が事実となるまで《また人にまねぶな》と、固く口外を禁じる。いったい何事だろうかと源氏は《心のうちには》気になってしかたがない。

やがて、藤壺懐妊のことが源氏の耳にも入る。夢解きの者の予言もある、源氏は《もしさるやうもやとおぼしあはせたまふに》——密かに自分の子ではないかと直感する。どうしても藤壺に逢って確かめたいという欲求に駆り立てられる。源氏は王命婦に思いのたけを訴えて、手引きを頼み込む。《いとどしくいみじき言の葉尽くしきこえたまへど》の《いとどしく》《いみじき》という、程度の激しさを表すことばが思いつめた源氏の気持ちを伝える。

しかし命婦は受けつけない。《いとむくつけう、わづらはしさまさりて》と命婦の気持ちが語られる。自責の念にかられている命婦は事の深刻さを思うと恐ろしくて身がすくむ。これ以上の手引きなどとんでもないことと思う。命婦がとりつくしまもない態度なので《さらにたばかるべきかたなし》と、源氏は途方にくれる。

これまでは藤壺からの《はかなき一行の御返り》がたまにあって、源氏はかろうじて藤壺との心のつながりを確かめることができた。だが、今はそれすらも《絶え果て》てしまう。

藤壺が参内したのは秋の初め、七月になってからである。帝にとって久々の妃の懐妊ということもあり、初めて子を宿してくれた藤壺が殊の外いとしくてならない。《いとどしき御思ひのほど限りなし》と、以前にもまして藤壺の身を気遣い、いたわる。

藤壺は《すこしふくらかになりたまひて》、外目にも懐妊の徴候が明らかである。けれども《うちなやみ、面痩せたまへる》姿は、やはり《げに似るものなくめでたし》と、語り手は源氏が心奪われるのももっともであると言いたげに、その美しさを誉め称える。帝は《例の、明け暮れこなたにのみおはしまして》と、一日の殆どを藤壺の殿舎で過ごし、他の妃の所へは足も向けない。帝は気分のすぐれない藤壺を何くれとなく慰める。

夏も終わり、管弦の遊びが《をかし》と感じられる頃おいとなる。内裏では早速管弦の宴が催される。帝は源氏を《暇なく召しまつはしつつ》、琴や笛など《さまざまに》演奏するように命じて、宴を盛り立てようとする。

帝と藤壺を前に、源氏は《いみじうつつみたまへど》と、乱れがちな心を抑えてひたすら楽の音を響かせる。しかし、《忍びがたきけしきの漏り出づるをりをり》もある。こらえきれない思慕の情が楽を奏でる姿ににじみ出る。

源氏の苦しむ様を感じ取ると、《宮も》心が動く。《さすがなる事どもを多くおぼし続けけり》と、藤壺も心に封じ込めたはずの恋心が抑え切れず、いつまでも源氏に想いを馳せるのだった。

遺言

かの山寺の人は、よろしうなりて出でたまひにけり。京の御住処《すみか》尋《たづ》ねて、時々の御消息《せうそこ》などあり。同じさまにのみあるも道理《ことわり》なるうちに、この月ごろは、ありしにまさる物思ひに、異事《こと》なくて過ぎゆく。秋の末つかた、いともの心細くて嘆きたまふ。月のをかしき夜《よ》、忍びたる所に、からうして思ひ立ちたまへるを、時雨《しぐれ》めいてうちそそく。おはする所は六条京極《ろくでうきやうごく》わたりにて、内裏《うち》よりなれば、すこしほど遠きここちするに、荒れたる家の、木立《こだち》いともの古《ふ》りて木暗《こぐら》う見えたるあり。例の御供に離れぬ惟光《これみつ》なむ、「故按察使《こあぜち》の大納言の家にはべり。一日《ひとひ》もののたよりにとぶらひてはべりしかば、かの尼上、いたう弱りたまひにたれば、何ごともおぼえずとなむ申してはべりし」と聞こゆれば、「あはれのことや。とぶらふべかりけるを、などか、さなむとものせざりし。入りて消息《せうそこ》せよ」とのたまへば、人入れて案内《あない》せさす。わざとかう立ち寄りたまへることと言はせたれば、入りて、「かく御とぶらひになむおはしましたる」と言ふに、おどろきて、「いとかたはらいたきことかな。この日ごろ、むげにいとたのもしげなくならせたまひにたれば、御対面《たいめん》などもあるまじ」と言へども、帰したてまつらむはかしこしとて、南の廂《ひさし》ひきつくろひて、入れたてまつる。「いとむつかしげにはべれど、かしこまりをだにとて。ゆくりなうもの深き御座所《おましどころ》になむ」と聞こゆ。げにかかる所は、例に違《たが》ひておぼさる。「常に思ひたまへ立ちながら、かひなきさまにのみもてなさせたまふに、つつまれはべりてなむ。なやませたまふこと、重くとも、うけたまはらざりけるおぼつかなさ」など聞こえたまふ。「乱りごこちは、いつともなくのみはべるが、限りのさまになりはべりて、いとかたじけなく立ち寄らせたまへるに、みづから聞こえさせぬこと。のたまはすることの筋、たまさかにもおぼしめしかはらぬやうはべらば、かくわりなき齢《よはひ》過ぎはべりて、かならず数《かず》まへさせたまへ。いみじう心細げに見たまへ置くなむ、願ひはべる道のほだしに思ひたまへられぬべき」など聞こえたまへり。


物語は再び《かの山寺の人》に戻る。

尼君は《よろしうなりて》、山を下りたという消息が源氏に伝えられる。「よろし」は「よし」ほどよくない状態。尼君の病状は小康を得たに過ぎず、いつまた容態が悪化して山寺へ籠ってしまうかわからない。尼君に伴われて少女も今、都に帰ってきているはずだ。源氏はこの機会に何とか後見人の話を進めたいと思う。

尼君の《京の御住処尋ねて》——源氏は尼君の家を探させて、《御消息など》をたびたび使いの者に届けさせていた。しかし、尼君からの返事は《同じさまにのみ》あるばかりで、源氏の申し出が受け入れられる気配はなかった。源氏はそんな尼君の迷いや不安も《道理なる》と受け止めて、性急な行動に出ることを控えていた。

そんな折、《ありしにまさる物思ひ》に源氏は直面する。藤壺との恋は嵐のようなすさまじさで源氏を襲う。許されぬ恋に身も心も捧げ尽くした《この月ごろ》は少女を思いやる心のゆとりもなかった。

月日がたち、いつの間にか季節は《秋の末つかた》となっていた。嵐が過ぎ去ってみると、藤壺は以前にもまして遥かかなたの人となり、ものみな枯れゆく秋の末の侘しさの中に源氏は独り取り残されていた。藤壺への恋心は膨らんでいき源氏の胸を締めつける。誰にも打ち明けられない《物思ひ》の苦しみに源氏は耐えねばならなかった。何も手につかず、所在のない寂しさにとらわれた源氏の心境を《いともの心細くて》ということばが語る。

ある《月のをかしき夜》、どうにか気を取り直して《忍びたる所》を訪ねようと思い立つ。藤壺にしか向かわない心をもてあまして苦しむ姿を《からうして思ひ立ちたまへる》の《からうして》ということばが伝える。源氏は《時雨めいてうちそそく》冷たい雨の中を《六条京極わたり》の女の元へと向かう。

内裏から六条へ向かう道筋が《すこしほど遠きここちする》と感じて外を見ると、《荒れたる家の、木立いともの古りて木暗う見えたる》邸にさしかかるところだった。

惟光が即座に《故按察使の大納言の家にはべり》と告げる。あの尼君の住まいである。惟光は《一日もののたよりにとぶらひてはべりしかば》――つい先日ついでがあって尼君を見舞ったと言う。主人の知らない所でも気を利かせて動き回っている惟光である。その折に尼君がひどく弱ってしまったことを女房から聞かされた。《何ごともおぼえずとなむ申してはべりし》と惟光は源氏に報告する。《何ごともおぼえず》ということばが人々の動転振りを伝える。惟光も事態を深刻に受け止めていることが《なむ……はべりし》という強調した言い方からうかがえる。

《あはれのことや》――惟光の話を聞いて源氏は強く心を動かされる。山寺で垣間見た、尼君の病に苦しむ姿が目に浮かぶ。心配で何も手につかないという女房たちの不安が痛いほどわかる。そんな重大なことを惟光はなぜ自分に知らせようとしなかったのか。《とぶらふべかりけるを、などか、さなむとものせざりし》――源氏は語気も鋭く惟光を叱責する。一刻も早く尼君を見舞わねばならない。《入りて消息せよ》――すぐに見舞の手配をするよう惟光に命ずる。

惟光は自らの手落ちを悟る。時を置かず、使いの者を尼君の邸に走らせ、尼君への取り次ぎを申し入れさせる。何が何でも源氏が尼君を見舞えるように事を運ばねばならない。源氏は外出のついでに立ち寄ったのではなく、《わざと》こうして出かけて来たのだと使いの者に言わせる。使いの者は惟光の意図を汲み取って、女房たちに《かく御とぶらひになむおはしましたる》と重々しい調子で言う。

源氏がわざわざ訪ねて来てくれたとあって女房たちは困惑する。見舞を辞退することなど勿論できない。さりとて、《この日ごろ、むげにいとたのもしげなく》なり、衰弱してしまった尼君に源氏との《御対面》は無理である。源氏ほどの客人は寝殿の南面に迎えるべきところだが、やむなく尼君の臥す対の屋の廂の間に客間を整え招き入れる。

女房は《いとむつかしげにはべれど》とむさくるしい部屋に通す失礼を詫びて、《かしこまりをだにとて》と尼君のことばを伝える。《かしこまり》はお礼のこと。せめて感謝の気持ちだけでも伝えたいという尼君の切実な思いが《だに》ということばに籠る。女房は心苦しく思いながら屋敷の《もの深き》場所にしつらえられた《御座所》に源氏を案内する。源氏もあまり目にすることのない奥まった所に通され、《げにかかる所は、例に違ひて》と異例な対面であることを痛感させられる。

《常に思ひたまへ立ちながら》と源氏は尼君に無沙汰を詫びる。しかし訪ねたくとも自分を《かひなきさまにのみ》あしらう尼君に《つつまれはべりて》、とても訪ねられなかったと弁解する。この度も尼君の病気が重態であることを知らせてもらえなかった。《うけたまはらざりけるおぼつかなさ》という言い方に源氏は胸中を去来する様々な思いを込める。「おぼつかなし」はぼんやりして心もとないの意。

尼君にもしものことがあっても許しを得ていない以上、少女に手を差しのべることができない。後見人でありたいと思っているのに自分は圏外に置かれている。源氏は尼君を恨めしく思う気持ちとはっきりしない尼君たちへの焦燥感を募らせる。

《乱りごこちは、いつともなくのみはべるが》と、女房を介して尼君のことばが届く。《限りのさまになりはべりて》——臨終の床にある自分を見舞ってくれた源氏に、《いとかたじけなく立ち寄らせたまへるに》と恐縮する。《みづから聞こえさせぬこと》が無念でならない。しかし、尼君は残された気力をふり絞って自分のことばを伝えようとする。身体は衰弱し切っているのに尼君のことばからは凛とした響きが伝わる。

最期を迎える前にどうしても源氏に直接伝えたいという思いが尼君を衝き動かす。《のたまはすることの筋》——少女の後見について話を切り出す。《たまさかにもおぼしめしかはらぬやうはべらば、かくわりなき齢過ぎはべりて、かならず数まへさせたまへ》と尼君は少女の後見を源氏に託したい旨をはっきりと願い出る。尼君は《かくわりなき齢過ぎはべりて》と、これまでの姿勢は崩さない。が《かならず数まへさせたまへ》と懇願するように言う。「数まふ」は人並みに取り扱う意。妻として数に入れること。

自分の死後少女を《いみじう心細げに見たまへ置くなむ》ことを想像するさえ尼君はつらい。「見置く」は置き去りにする意。見なし子同然の少女を残して先立つことを、《願ひはべる道のほだし》という言い方で語り、苦しい胸の内を源氏に明かして救いを求めたのである。

少女の声

いと近ければ、心細げなる御声絶え絶え聞こえて、「いとかたじけなきわざにもはべるかな。この君だに、かしこまりも聞こえたまつべきほどならましかば」との

たまふ。あはれに聞きたまひて、「何か、浅う思ひたまへむことゆゑ、かうすきずきしきさまを見えたてまつらむ。いかなる契りにか、見たてまつりそめしより、あはれに思ひきこゆるも、あやしきまで、この世のことにはおぼえはべらぬ」などのたまひて、「かひなきここちのみしはべるを、かのいはけなうものしたまふ御一声《ひとこゑ》、いかで」とのたまへば、「いでや、よろづおぼし知らぬさまに、大殿籠《おほとのごも》り入りて」など聞こゆるをりしも、あなたより来《く》る音して、「上《うへ》こそ、この寺にありし源氏の君こそおはしたなれ。など見たまはぬ」とのたまふを、人々、いとかたはらいたしと思ひて、「あなかま」と聞こゆ。「いさ、見しかばここちの悪《あ》しさなぐさみきとのたまひしかばぞかし」と、かしこきこと聞き得たりとおぼしてのたまふ。いとをかしと聞いたまへど、人々の苦しと思ひたれば、聞かぬやうにて、まめやかなる御とぶらひを聞こえ置きたまひて帰りたまひぬ。げにいふかひなのけはひや、さりとも、いとよう教へてむとおぼす。

またの日も、いとまめやかにとぶらひきこえたまふ。例の小さくて、

「いはけなき鶴《たづ》の一声《ひとこゑ》聞きしより
　葦間《あしま》になづむ舟ぞえならぬ

同じ人にや」と、ことさらをさなく書きなしたまへるも、いみじうをかしげなれ

ば、「やがて御手本《てほん》に」と人々聞こゆ。少納言ぞ聞こえたる。問はせたまへるは、今日をも過ぐしがたげなるさまにて、山寺にまかりわたるほどにて、かう問はせたまへるかしこまりは、この世ならでも聞こえさせむ。とあり。いとあはれとおぼす。秋の夕《ゆふべ》は、まして、心のいとまなくおぼし乱るる人の御あたりに心をかけて、あながちなるゆかりも尋《たづ》ねまほしき心もまさりたまふなるべし。「消えむ空なき」とありし夕おぼし出でられて、恋しくも、また、見ば劣りやせむと、さすがにあやふし。

手に摘みていつしかも見む紫の
根にかよひける野辺の若草

女房を介してのやりとりと言っても尼君の床はすぐそこである。取り次ぎの女房に語る尼君の《心細げなる御声》が、《絶え絶え》源氏の耳にも聞こえてくる。《いとかたじけなきわざにもはべるかな》――こんな形で源氏にものを言わなければならないのが申しわけなくてならない。《この君だに、かしこまりも聞こえたまつべきほどならましかば》――せめて当の少女がきちんと挨拶できる年頃に成長していたならば、ここまで礼を欠くことはなかったのにと尼君は嘆く。

消え入りそうな尼君の声を直《じか》に耳にして源氏は深く同情する。先刻尼君に懇願されたことに対して《何か、浅う思ひたまへむことゆゑ、かうすきずきしきさまを見えたてまつらむ》と答える。「すきずきし」は物好きなと思われるほど恋に打ち込むこと。源氏は《何か》と反語のことばで強調し、少女の後見がしたいと本気で思い続けていたことをわかってもらおうとする。少女に対して《すきずきしきさま》と見える態度を取ってきたのは、少女を心底いとおしく思っていたからにほかならない。《いかなる契りにか、見たてまつりそめしより、あはれに思ひきこゆるも》と源氏は続ける。初めて会ったその瞬間から少女に心惹かれてきた、少女に出会ったことは自分でも不思議でたまらないのだ、少女とは前世からの縁で強く結ばれているとしか思えないと源氏は胸の内を明かす。

語っているうちに源氏は、仕切りを一つ隔てた向こうにいる少女とことばを交わしたいという思いに駆られる。一声でいい、何とかあの愛らしい声が聞けないものか。今日も自分の想いは報われず、空しく帰らねばならないのか。源氏は《かのいはけなうものしたまふ御一声、いかで》と願い出る。しかし、女房は《いでや、よろづおぼし知らぬさまに、大殿籠り入りて》と言うばかりだ。少女は何もわからない子供だと強調して、この場を引き取ってもらおうとする。

だが、その《をりしも》、奥の方から少女の近づいてくる音がして、《上こそ、この寺にありし源氏の君こそおはしたなれ。など見たまはぬ》と尼君に問いかける声が聞こえる。あの山寺で姿を見た《源氏の君》が、今この屋敷を訪ねてきたというのだ。少女は《上こそ》と祖母に歯切れのよい口調で呼びかけ、源氏が訪れていることを、《……こそおはしたなれ》と強調した言い方で念を押す。《源氏の君》の来訪に少女が心を弾ませていることがことばの端々から伝わってくる。

少女はすでに寝入ってしまったと源氏に言った手前、女房たちは《いとかたはらいたし》と、ばつの悪い思いがして慌てる。少女に《あなかま》と言って声を落とすように促す。が、少女には女房たちの困惑が通じない。《いさ、見しかばここちの悪しさなぐさみきとのたまひしかばぞかし》と、尼君が内輪の話として語っていたことを口にする。

病気で苦しんでいた時、尼君は源氏の姿を見て心が慰められたと言っていた。それなのに何故尼君は源氏に会おうとしないのか、折角良い折なのにと少女は残念でたまらない。《のたまひしかばぞかし》の《ぞかし》という強意のことばに少女の尼君を案ずる気持ちが籠る。少女の無心な声が尼君の密かな思いを源氏に伝える。

少女は、《かしこきこと聞き得たり》と大人の大事な話に加わったことが得意である。そんな天真爛漫な少女のことばを源氏は《いとをかし》と聞く。周りの大人たちに気を回すことなく、おおらかに育っている少女の邪気の無さが源氏には微笑ましく感じられる。

しかし、女房たちはその場を繕い切れずに困り果てている。源氏は女房たちの苦衷を察し、《聞かぬやうにて》その事には触れない。ただ、《まめやかなる御とぶらひを聞こえ置きたまひて》――心の籠った見舞のことばを残してその場を去る。

源氏は思いがけず少女の声を直《じか》に聞くことになって、改めて《げにいふかひなのけはひや》と感じる。《いふかひな》は「いふかひなし」の略、たわいないの意。尼君や女房たちの言う通りだと納得がいく。しかし、少女の存在感は源氏に強烈な印象を残す。本当に今はまだ子供だが、《さりとも、いとよう教へてむ》と源氏は思うのだった。少女を魅力ある一人前の女に育てることに新たな生きがいを見出そうとする源氏の思いが、強い意志を表す《教へてむ》という言い方に籠る。

翌日も源氏は《いとまめやかに》尼君の容態を気遣う手紙を届ける。いつものように小さく結んだ少女への文を添える。《いはけなき鶴の一声聞きしより葦間になづむ舟ぞえならぬ》と歌を詠み、《同じ人にや》と一言付け加える。葦の間を行き悩む舟に自らをたとえ、昨夜少女の《いはけなき》《一声》を聞いてから、《えならぬ》想いに悩んでいると歌う。古歌のことばに《同じ人にや》を引いて、ただひたすら少女を思い続けるばかりだと伝える。少女の幼さに合わせて《ことさらをさなく》書いてある筆跡がまたいかにも趣がある。源氏の恋文はそのまま少女の手習いの手本になる、女房たちはそう思い《やがて御手本に》と尼君に勧める。

尼君に代わって少納言のしたためた返事が源氏の元に届く。《今日をも過ぐしがたげなるさまにて》と、尼君が危篤であることを告げていた。今ちょうど尼君は山寺へ移るところで返事を書くことができない。源氏の心遣いに対する《かしこまり》は《この世ならでも聞こえさせむ》とあった。山寺で死を迎えようとしている尼君を源氏は《いとあはれ》と感じ、《この世ならでも聞こえさせむ》ということばが哀しく迫る。

秋の夕は誰にとってももの悲しい。まして源氏にとってこの秋は、《心のいとまなくおぼし乱るる人の御あたりに心をかけて》、日々苦悩の時だった。語り手は《あながちなるゆかりも尋ねまほしき心もまさりたまふなるべし》とその時の源氏の心を推し量る。無理をしてでも藤壺の《ゆかり》の少女を得たいという気持ちを募らせていたことが語り手によって伝えられる。《消えむ空なき》と尼君が少女を置いて先立つつらさを詠んだ夕のことが思い出される。垣間見た少女の美しさが脳裏に甦り、少女を恋しく想う。が、一方で共に暮らすことになったら《劣りやせむ》と不安にも思う。少女への期待はもしかしたら裏切られるかもしれない、源氏の心は様々に揺れる。

それにしても藤壺への恋が絶たれ、暗く閉ざされた源氏の心を照らしてくれるのは少女の存在だけだった。《手に摘みていつしかも見む紫の根にかよひける野辺の若草》と、源氏は今の心境を歌に詠む。まだ洗練されていない《野辺の若草》のような初々しい少女を迎えることに思いを馳せて胸を弾ませる。

尼君の死

十月に朱《す》雀院《さくゐん》の行幸《ぎやうがう》あるべし。舞人《まひびと》など、やむごとなき家の子ども、上達部《かむだちめ》、殿《てん》上人《じやうびと》どもなども、そのかたにつきづきしきは、みな選《え》らせたまへれば、親王達《みこたち》、大臣よりはじめて、とりどりの才《ざえ》ども習ひたまふ、いとまなし。山里人にも、久しくおとづれたまはざりけるを、おぼし出でて、ふりはへつかはしたりければ、僧都の

返りことのみあり。「立ちぬる月の二十日《はつか》のほどになむ、つひに空《むな》しく見たまへなして、世間《せけん》の道理《だうり》なれど、悲しび思ひたまふる」などあるを見たまふに、世の中のはかなさもあはれに、うしろめたげに思へりし人もいかならむ、をさなきほどに恋ひやすらむ、故《こ》御息所《みやすどころ》に後《おく》れたてまつりしなど、はかばかしからねど思ひ出でて、浅からずとぶらひたまへり。少納言、ゆゑなからず御返りなど聞こえたり。

十月に予定されている《朱雀院の行幸》の日が近い。上皇の御所へ帝が行幸する特別の行事である。帝は当日の宴の余興を盛りたてる《舞人》として、舞の才能に秀でた《やむごとなき家の子ども、上達部、殿上人どもなど》を残らず選ぶ。親王たちや大臣をはじめとして、選ばれた者たちは舞や歌、器楽など、《とりどりの才ども》に磨きをかけ、練習に励む。言うまでもなく源氏はその中心的存在である。今は誰もが《いとまなし》と、慌しい日々を送っている。

源氏は《山里人》――尼君の所にも《久しくおとづれたまはざりける》ことにふと気づく。尼君が重態に陥り、山寺に移ってしまったという知らせを受け取りながら、藤壺のことに心を奪われ、行幸の準備に追われて手紙も届けていなかった。

源氏は早速文をしたためると、《ふりはへ》尼君の所へ使いを出すが、僧都の返信だけが届く。僧都は《立ちぬる月（先月）の二十日のほどになむ、つひに空しく見たまへなして》と尼君の死を告げてきた。そこには《世間の道理なれど、悲しび思ひたまふる》と悲しみのことばが綴られていた。源氏は僧都の率直なことばに心を打たれる。僧都は、人の死が誰にでも訪れる《世間の道理》であることを承知している身でありながら、理屈ではどうにもならない死の哀しみを味わっている。人の命のはかなさが胸に染みて尼君の死が殊の外哀しく感じられる。

源氏は、尼君が《うしろめたげに思へりし人》はどのような思いでいるだろうかと、少女の心中に思いを馳せる。身近に自分を見守ってくれた人が不意に姿を消してしまい、少女は《をさなきほどに恋ひやすらむ》と源氏は想像する。少女はさぞかし尼君を恋い慕っているだろう。自分は余りに幼くて亡き母《故御息所》の死がよくのみ込めなかった。《はかばかしからねど思ひ出でて》と、源氏はうっすらとした記憶の中にその時の幼い自分の気持ちをたぐり寄せて少女の悲しみを思い遣る。少女の所へは心を込めて、見舞の手紙を送る。少納言から《ゆゑなからず》――きちんとした返事が届く。

忌《い》みなど過ぎて京の殿になど聞きたまへば、ほど経《へ》て、みづから、のどかなる夜《よ》おはしたり。いとすごげに荒れたる所の人少《ひとずく》ななるに、いかにをさなき人恐ろしからむと見ゆ。例の所に入れたてまつりて、少納言、御ありさまなど、うち泣きつつ聞こえ続くるに、あいなう御袖もただならず。「宮に渡したてまつらむとはべるめるを、故姫君の、いと情《なさけ》なく、憂きものに思ひきこえたまへりしに、いとむげに児《ちご》

ならぬ齢《よはひ》の、まだはかばかしう人のおもむけをも見知りたまはず、中空《なかぞら》なる御ほどにて、あまたものしたまふなる中の、あなづらはしき人にてやまじりたまはむ、など、過ぎたまひぬるも、世とともにおぼし嘆きつるも、しるきこと多くはべるに、かくかたじけなきなげの御言《こと》の葉は、後《のち》の御心もたどりきこえさせず、いとうれしう思ひたまへられぬべきをりふしにはべりながら、すこしもなずらひなるさまにもものしたまはず、御年よりも若びてならひたまへれば、いとかたはらいたくはべり」と聞こゆ。「何か、かうくりかへし聞こえ知らする心のほどを、つつみたまふらむ。そのいふかひなき御ありさまの、あはれにゆかしうおぼえたまふも、契りことになむ、心ながら思ひ知られける。なほ人伝《ひとづて》ならで、聞こえ知らせばや。

あしわかの浦にみるめはかたくとも

こは立ちながらかへる波かは

めざましからむ」とのたまへば、「げにこそ、いとかしこけれ」とて、

「寄る波の心も知らでわかの浦に

玉藻なびかむほどぞ浮きたる

わりなきこと」と聞こゆるさまの馴れたるに、すこし罪ゆるされたまふ。「なぞ越えざらむ」と、うち誦《ず》じたまへるを、身にしみて若き人々思へり。

尼君が亡くなって一月経ち、忌みの期間も明けた。少女が北山から京の邸に戻っていると聞く。しばらく経ってから源氏は《みづから》《のどかなる夜》に、少女のいる邸を訪れた。

邸に来てみると、主亡き後の家は《いとすごげに荒れたる所》となって見る影もない。仕えていた女房の姿も減って《人少ななるに》、邸は一層侘しげに見える。こんな所で暮らすのは《いかにをさなき人恐ろしからむ》と、源氏は少女の心細さが思われてたまらなくなる。

少納言は源氏をいつもの南の廂の間に招き入れる。源氏を前にした少納言は尼君の臨終の《御ありさまなど》を語り出す。涙ながらに語り続ける少納言の話を聞くうちに、源氏も尼君の人柄が偲ばれて《あいなう御袖もただならず》と、とめどなく涙が溢れてくる。

少納言は少女の身の振り方について話を移す。そのことがどうしても気がかりなので源氏に話を聞いてほしいのだ。ことによると少女は《宮に渡したてまつらむとはべるめるを》——父宮に引き取られることになるかもしれないと言う。少納言は生前の尼君のことばを伝えて胸中の不安を伝える。《故姫君の、いと情なく、憂きものに思ひきこえたまへりしに》——少女の母である亡き姫君は、北の方のつらい仕打ちに苦しみ抜いて命まで落としたというのに、そんな家に少女が引き取られていったらどうなるのか。

少女は《いとむげに児ならぬ齢の》年頃であり、全くの子供扱いはできない、かといって《まだはかばかしう人のおもむけをも見知りたまはず》と、年相応に成長していない。《人のおもむけ》は他人の意図や気持ちを指す。尼君には、人の思惑を気にせず思ったことを口に出す少女が幼く映り、危なっかしくて人前には出せないと気に病んでいたのだろう。

少女が今のような《中空なる御ほど》のまま父宮の家の子供たちの中に立ち交じれば、《あなづらはしき人》として軽く扱われ、どんな目に合うかわからない。亡き尼君が《世とともにおぼし嘆きつるも》、今となっては《しるきこと多くはべるに》と語る。《しるきこと》は本当にそのとおりである意。今さらながら少納言は少女の行末を心配し続けた尼君の心情が身に沁みる。

続けて少納言は《かくかたじけなきなげの御言の葉は、後の御心もたどりきこえさせず、いとうれしう思ひたまへられぬべきをりふしにはべりながら》と、源氏の申し出をどう思って受け止めているかを語っていく。《なげ》は一時だけの意。源氏の気持ちがこんなに長続きするものとは思っていなかった、源氏が変わらぬ厚意を寄せてくれることが後見人を失った今、どんなにうれしく心強いか。だが少納言は一方で、少女が《すこしもなずらひなるさまにもものしたまはず、御年よりも若びてならひたまへれば》、戸惑う気持ちもあると語る。少女が源氏と釣り合う相手とはどうしても思えないのだった。

それを聞くと源氏は《何か、かうくりかへし聞こえ知らする心のほどを、つつみたまふらむ》と強く言って、少納言を責める。源氏は再三伝えてきた自分の想いをまだ理解してくれないのがはがゆい。

《そのいふかひなき御ありさまの、あはれにゆかしうおぼえたまふも、契りことになむ、心ながら思ひ知られける》と、尼君に伝えてきた自分の気持ちを少納言にも包み隠さず述べる。《心ながら》は我ながらの意。少納言が難点としてあげたところこそ自分にとっては魅力であり、これほど少女に惹かれるのは宿命的な縁があったと思うしかないと力説する。衝き動かされるように少女への想いを語るうちに、気持ちも高揚してくる。今夜は何としても少女と話を交わしたいと思う。

源氏は《なほ人伝ならで、聞こえ知らせばや》と、少女に直接対面できるように頼む。その気持ちが固いことを《あしわかの浦にみるめはかたくともこは立ちながらかへる波かは》と歌に詠んで伝える。《こ（自分を指す）は立ちながらかへる波かは》という下の句に、少女に会えなくてもこのまま帰るつもりはないという自身の決意を込める。源氏は《めざましからむ》とつけ加えて少納言に迫る。《めざまし》は心外であるの意。

源氏に《めざましからむ》とまで言われれば《げにこそ、いとかしこけれ》と少納言は立場上退かざるを得ない。少納言としては源氏ほどの人を無下には突っぱねられない。かといって源氏の言うままに事を運ぶわけにもいかない。少納言は《寄る波の心も知らでわかの浦に玉藻なびかむほどぞ浮きたる、わりなきこと》とすぐに歌を返す。源氏を《寄る波》、少女を《玉藻》にたとえ、少女をあてどもなく波間に漂わせるわけにいかないと詠んで遠回しに断る。少納言の《馴れたる》詠み口に好感を抱いた源氏は、少女に会わせようとしない少納言にも《すこし罪ゆるされたまふ》と感じ、無理強いはしない。

しかし、少女に会いたいという気持ちは変わらない。《なぞ越えざらむ》という、会わずに引きさがるものかという意の引き歌の一節を口ずさんで、収まりそうもない気持ちを吐露する。周りの若い女房たちは源氏の美しい声に聞き惚れる。

少女との一夜

君は、上《うへ》を恋ひきこえたまひて泣き臥したまへるに、御遊びがたきどもの、「直《なほ》衣着《し》たる人のおはする、宮のおはしますなめり」と聞こゆれば、起き出でたまひて、「少納言よ。直衣《なほし》着たりつらむは、いづら。宮のおはするか」とて、寄りおはしたる御声、いとらうたし。「宮にはあらねど、またおぼし放つべうもあらず。此《こ》方《ち》」とのたまふを、はづかしかりし人と、さすがに聞きなして、あしう言ひてけりとおぼして、乳母《めのと》にさし寄りて、「いざかし、ねぶたきに」とのたまへば、「今さらに、など忍びたまふらむ。この膝の上に大殿籠《おほとのごも》れよ。今すこし寄りたまへ」とのたまへば、乳母《めのと》の、「さればこそ、かう世づかぬ御ほどにてなむ」とて、押し寄せたてまつりたれば、何心もなくゐたまへるに、手をさし入れて探《さぐ》りたまへれば、なよよかなる御衣《ぞ》に、髪はつやつやとかかりて、末のふさやかに探りつけられたるほど、いとうつくしう思ひやらる。手をとらへたまへれば、うたて例ならぬ人の、かく近づきたまへるは、恐ろしうて、「寝なむといふものを」とて強《し》ひて引き入りたまふにつきて、すべり入りて、「今は、まろぞ思ふべき人。な疎《うと》みたまひそ」とのたまふ。乳母、「いで、あなうたてや。ゆゆしうもはべるかな。聞こえさせ知らせ

たまふとも、さらに何のしるしもはべらじものを」とて、苦しげに思ひたれば、「さりとも、かかる御ほどをいかがはあらむ。なほただ世に知らぬ心ざしのほどを見果てたまへ」とのたまふ。

少女は尼君が亡くなってしまった衝撃からなかなか立ち直れない。夜になると悲しみが押し寄せ、《上を恋ひきこえたまひて》泣き臥している。そんな少女を《御遊びがたきども》の童女たちは何とかして慰めたい。父宮が訪れたらしい気配を察して、《直衣着たる人のおはする、宮のおはしますなめり》と知らせる。少女はすぐに起き上がる。寂しくてたまらなかった少女は父宮の訪問がうれしい。父宮に逢いたい。少女は《少納言よ。直衣着たりつらむは、いづら。宮のおはするか》と、弾んだ声で少納言に問いかけながら廂の方にやってくる。

廂の間に控える源氏の耳に、少女の近づいてくる声が聞こえる。源氏は父宮を捜す少女の声にすかさず《宮にはあらねど、またおぼし放つべうもあらず。此方》と答える。父ではないが近しい者だと告げ、少女を呼び招く。少女は父宮と違う男の声にびっくりする。が、すぐにあの《はづかしかりし人》だと《さすがに聞きなして》、直衣の人は源氏であることを知る。「はづかし」はこちらが恥ずかしく思うほど相手が素晴らしい意。源氏の美しい姿は少女の胸に焼き付いている。

客人は父宮だと思い込んで問いかけた自分の声を源氏に聞かれたことが少女は恥ずかしい。

《あしう言ひてけり》と思った少女は、とっさに乳母（少納言）の方に差し寄り《いざかし、ねぶたきに》と言ってその場を取り繕う。《いざかし》は促す時のことば。

源氏は少女が自分を避けて奥へ引き込もうとしていると思ったのか、《今さらに、など忍びたまふらむ。この膝の上に大殿籠れよ。今すこし寄りたまへ》と言って、少女を自分の側に留めようとする。乳母は《さればこそ、かう世づかぬ御ほどにてなむ》と言いつつ、自分の方に寄ろうとする少女を源氏の方に押し返す。《世づかぬ》は世慣れない意。このとおり少女は源氏の相手になれそうもない子供だと乳母は言いたげである。

少女は源氏を気にかける様子もなく乳母に押されたまま《何心もなく》座っている。源氏は少女の無心な様に惹かれるように御簾のうちに手をさし入れて探る。少女の《なよよかなる御衣》が手に触れる。《御衣》をおおう髪は《つやつや》と肩にかかり、探っていくと髪の先まで《ふさやか》な感触が得られる。少女の髪は《いとうつくしう》と、源氏の想像をかきたてる。「うつくし」は抱きしめたいほどの愛情を感じる時のことば。

源氏は気持ちが高ぶるままに思わず少女の手をとらえる。だが少女は、父宮ではない《うたて例ならぬ人》が近づこうとする気配に恐怖心を呼び覚まされる。少女は《寝なむといふものを》と言って源氏を拒み、つかまれている手を《強ひて引き入りたまふ》と身構える。

しかし源氏は手を離さない。少女の手をつかんだまま御簾の中にすべり入る。そして少女に向かうと《今は、まろぞ思ふべき人。な疎みたまひそ》と言い聞かせる。これからは自分が尼君の代わりに少女を守る人になるということを直接少女に伝える。

驚いたのは乳母である。あっという間に源氏は御簾の中に入ってしまった。源氏の素早さに乳母はなすすべもなくあっけにとられるばかりだった。《いで、あなうたてや。ゆゆしうもはべるかな》という驚きのことばが困惑し切った乳母の様子を伝える。

乳母は源氏が少女を口説くために御簾に入ったと思い込んでいるので、《聞こえさせ知らせたまふとも、さらに何のしるしもはべらじものを》と一言口出しをする。少女に何を言っても無駄なことが、源氏にもわかりそうなものなのにと思う。乳母が《苦しげに思ひたれば》——やきもきしているのを源氏も感じ取る。

乳母を安心させようとして源氏は《さりとも、かかる御ほどをいかがはあらむ》——乳母の言いたいことはわかっている、が、こんな子供をどうこうするわけがないではないかと言う。そして《なほただ世に知らぬ心ざしのほどを見果てたまへ》と言い聞かせて乳母をなだめる。少女への愛は《世に知らぬ心ざし》に見えるかもしれない、だが自分を信じて、長い目で見守っていてほしいのだ。

霰《あられ》降り荒れて、すごき夜《よ》のさまなり。「いかで、かう人少《ひとずく》なに心細うて過ぐしたまふらむ」とうち泣いたまひて、いと見捨てがたきほどなれば、「御格子《みかうし》参りね。もの恐ろしき夜《よ》のさまなめるを、宿直人《とのゐびと》にてはべらむ。人々近うさぶらはれよかし」とて、いと馴れ顔に御帳《みちやう》のうちに入りたまへば、あやしう思ひのほかにもと、あき

れて、誰《たれ》も誰もゐたり。乳母《めのと》は、うしろめたなうわりなしと思へど、荒ましう聞こえ騒ぐべきほどならねば、うち嘆きつつゐたり。若君は、いと恐ろしう、いかならむとわななかれて、いとうつくしき御肌つきも、そぞろ寒げにおぼしたるを、らうたくおぼえて、単《ひとへ》ばかりを押しくくみて、わが御ここちも、かつはうたておぼえたまへど、あはれにうち語らひたまひて、「いざ、たまへよ、をかしき絵など多く、雛《ひひな》遊びなどする所に」と、心につくべきことをのたまふけはひの、いとなつかしきを、をさなきここちにも、いといたうも怖《お》ぢず、さすがにむつかしう、寝も入らずおぼえて、身じろき臥したまへり。

外はあられが降りしきっている。それが荒れ放題の邸を容赦なくたたきつけ、《すごき夜のさま》である。

少女がこんな所でわずかな女房たちと嵐の夜をしのがなければならないのかと思うと源氏は胸が締めつけられる。少女が哀れでならない。源氏は《いかで、かう人少なに心細うて過ぐしたまふらむ》と言って涙ぐむ。少女を邸に置いたままどうして帰ることができようか。今夜は自分が少女を守るのだと思い決める。そして、手をつかねている女房たちに《御格子参りね。もの恐ろしき夜のさまなめるを、宿直人にてはべらむ。人々近うさぶらはれよかし》と命ずる。てきぱきと采配をふるう源氏はどこからみても頼もしい主人である。人々は主人顔で振舞う源氏に逆らえない。

源氏は《いと馴れ顔に》少女を抱きかかえると御帳台の中に入る。邸の者たちは《誰も誰も》源氏がいつの間にか少女の寝所の中にいるのを《あやしう思ひのほかにも》と《あきれて》いる。「あきる（呆る）」はあっけにとられる意。人々は源氏の素早さに気押される。乳母は、何も知らない少女が一体どうなるのか、《うしろめたなうわりなし》と気が気ではない。だが《荒ましう聞こえ騒ぐべきほどならねば》と思い、ため息をついてじっと控えているばかりである。騒ぎ立てて事が世間に漏れたら困る。

少女は事態がのみ込めない。《いと恐ろしう、いかならむとわななかれて》とただ脅えて身体を震わせている。少女の身体の震えは源氏にも伝わってくる。《いとうつくしき御肌つきも、そぞろ寒げにおぼしたるを》——少女は鳥肌が立つ思いで怖がっている。源氏はそんな少女がいとしくてならない。単衣の肌着で寒そうにしている少女の身体を《押しくくみて》落ち着かせようと心を砕く。

源氏はできるだけ少女の不安を取り除いてやりたい。しかし《かつはうたておぼえたまへど》と、一方で少女と寝所を共にしている姿は自分でも異様だと感じる。だからといって目の前の少女を放ってはおけない。

《いざ、たまへよ、をかしき絵など多く、雛遊びなどする所に》と少女の《心につくべきこと》を並べて自分の邸に来るように誘ってみる。源氏のもの言う《けはひ》が親しみやすかったので、少女も《いといたうも怖ぢず》と少しうちとける。だがそうはいっても《むつかしう、寝も入らずおぼえて、身じろき臥したまへり》と源氏のことが気になってまんじりともできないのだった。

夜一夜《よひとよ》、風吹き荒るるに、「げに、かうおはせざらましかば、いかに心細からまし。同じくはよろしきほどにおはしまさましかば」とささめきあへり。乳母《めのと》は、うしろめたさに、いと近うさぶらふ。風すこし吹きやみたるに、夜深《ふか》う出でたまふも、ことあり顔なりや。「いとあはれに見たてまつる御ありさまを、今はまして片時の間《ま》もおぼつかなかるべし。明け暮れながめはべる所にわたしたてまつらむ。かくてのみは、いかが。もの怖ぢしたまはざりけり」とのたまへば、「宮も御迎へになど聞こえのたまふめれど、この御四十九日過ぐしてや、など思ひたまふる」と聞こゆれば、「たのもしき筋ながらも、よそよそにてならひたまへるは、同じうこそ疎《うと》うおぼえたまはめ。今より見たてまつれど、浅からぬ心ざしはまさりぬべくなむ」とて、かい撫《な》でつつ、かへりみがちにて出でたまひぬ。

いみじう霧《き》りわたれる空もただならぬに、霜はいと白うおきて、まことの懸想《けさう》もをかしかりぬべきに、さうざうしう思ひおはす。いと忍びて通《かよ》ひたまふ所の、道なりけるをおぼしいでて、門《かど》うちたたかせたまへど、聞きつくる人なし。かひなくて、御供に声ある人して歌はせたまふ。

朝ぼらけ霧立つ空のまよひにも
　行《ゆ》き過ぎがたき妹《いも》が門《かど》かな

と、二返《ふたかへ》りばかり歌ひたるに、よしある下仕《しもづか》へを出《い》だして、

立ちとまり霧のまがきの過ぎうくは
　草のとざしにさはりしもせじ

と言ひかけて入りぬ。また人も出で来《こ》ねば、帰るも情《なさけ》なければど、明けゆく空もはしたなくて殿《との》へおはしぬ。をかしかりつる人のなごり恋しく、独笑《ひとりゑみ》しつつ臥したまへり。日高う大殿籠《おほとのごも》り起きて、文《ふみ》やりたまふに、書くべき言葉も例ならねば、筆うち置きつつすさびゐたまへり。をかしき絵などをやりたまふ。

風は一晩中吹き荒れている。嵐の恐ろしさに女房たちは肩を寄せて《げに、かうおはせざらましかば、いかに心細からまし。同じくはよろしきほどにおはしまさましかば》と、ささやき合う。女房たちは《ましかば…まし》の仮定の言い方で、源氏がいなかったらどんなに心細いかを想像する。女房たちの目に源氏は女たちを守ろうとする頼もしい人と映る。それだけに女房たちは《よろしきほどにおはしまさましかば》と、少女が一人前でないのを惜しむ。

乳母は少女のことが心配で御帳台のすぐ側にじっと様子をうかがっている。ようやく風も収まった。源氏はまだ暗いうちに邸を出ることになった。語り手がそんな源氏を《ことあり顔な

りや》——密かに通う女の所から戻る男のように見えたとからかう。

源氏は帰り際、少女を伴って見送りに出た乳母に、《いとあはれに見たてまつる御ありさまを、今はまして片時の間もおぼつかなかるべし。明け暮れながめはべる所にわたしたてまつらむ》と言って安心させる。一夜を共にした今は《かくてのみは、いかが》と一刻も早く自邸へ迎えたい、こんな所に少女を放ってはおけないという気持ちを伝える。そして《もの怖ぢしたまはざりけり》と、少女のけなげさに感じ入ったこともつけ加える。

しかし、乳母は源氏のことばを引き取って《宮も御迎へになど聞こえのたまふめれど、この御四十九日過ぐしてや、など思ひたまふる》と言う。父宮が少女を引き取りに来ると言うが四十九日まで待ってもらっている。世間の常識に照らして筋だけは通したいと乳母は考える。

これを聞くと源氏は父宮に張り合うかのように《たのもしき筋ながらも、よそよそにてならひたまへるは、同じうこそ疎うおぼえたまはめ》と言う。父宮は《よそよそにて》暮らしてきたので少女は父宮に親しみがわかないに違いない、だが自分は《今より見たてまつれど》——少女を知って間もないが、父宮よりずっと深く思っていると言う。源氏は少女をいとしむように《かい撫でつつ、かへりみがちにて》邸を出る。

朝まだ暗い空には一面に霧がたちこめて《ただならぬ》気配を醸している。真っ白な霜が美しい。《まことの懸想》の朝帰りにぴったりの風情である。

しかし源氏は少女とは《まことの懸想》の間柄ではないので、《さうざうしう思ひおはす》と、心が満たされない。風情ある光景が一層空しく感じられ、大人の女を相手に恋を語らいたい気持ちが高まる。

帰路の途中に忍んで通う女の家があったのを思い出す。供人に門をたたかせるが《聞きつくる人なし》と何の応答もない。《かひなくて》どうしようかと思ったがこのまま帰る気にもならなかったので、供人の中で声の通る者を選んで歌を読み上げさせる。

《朝ぼらけ霧立つ空のまよひにも行き過ぎがたき妹が門かな》という歌を二回繰り返させる。源氏は女に逢いたい気持ちを歌に込めたつもりだが、時刻からして男が別の女の所で一夜過ごしたあと立ち寄ったということを女は感じ取る。供人の声で男が源氏であることもわかったのか《よしある下仕へ》を出す。だが普通の場合は出さない《下仕へ》を出したことで相手にする気がないことを示す。

《下仕へ》は《立ちとまり霧のまがきの過ぎうくは草のとざしにさはりしもせじ》と女主人の歌を詠みかけると奥へ引込む。《草のとざしにさはりしもせじ》――その気になればどんなに草が生い茂っても入れるのにと、女は源氏の真意を疑う。

源氏はしばらく待ってみたが、《また人も出で来ねば》女の家は静まり返っている。このまま引きあげるのは《情なけれど》――いかにもつまらない気がする。が、《明けゆく空もはしたなくて》、ここで立ち止まっているわけにいかず、やむなく自邸に戻る。

邸に戻ると《をかしかりつる人のなごり》が甦って心がなごむ。少女のことを思い出すと《独笑みしつつ臥したまへり》と、その可憐さに思わず笑みがこぼれ、源氏は快い気分に浸ったまままどろんでしまう。

翌朝目覚めたときは日も高くなっていた。源氏は起きると早速少女に手紙を書く。しかし、普通の男と女の関係ではないので後朝《きぬぎぬ》の文のようには書けない。《書くべき言葉も例ならねば》何と書いてやったらいいのか、ことばに詰まる。

源氏は《筆うち置きつつすさびゐたまへり》と、そのまま考えあぐねている。結局、《をかしき》絵を書いて手紙と一緒に届ける。

父宮訪問

かしこには、今日しも宮わたりたまへり。年ごろよりもこよなう荒れまさり、広うもの古《ふ》りたる所の、いとど人少《ひとずく》なにさびしければ、見わたしたまひて、「かかる所には、いかでか、しばしもをさなき人の過ぐしたまはむ。なほかしこにわたしたてまつりてむ。何の所狭《せ》きほどにもあらず。乳母《めのと》は、曹司《ざうし》などしてさぶらひなむ。君は、若き人々などあれば、もろともに遊びて、いとようものしたまひなむ」などのたまふ。近う呼び寄せたてまつりたまへるに、かの御移り香《が》の、いみじう艶《えん》に染《し》みかへりたまへれば、「をかしの御匂ひや。御衣《ぞ》はいと萎《な》えて」と、心苦しげにおぼいたり。「年ごろも、あつしくさだすぎたまへる人に添ひたまへる、かしこにわたりて見ならしたまへなど、ものせしを、あやしう疎《うと》みたまひて、人も心置くめりしを、かかるをりにしもものしたまはむも、心苦しう」などのたまへば、「何かは。心細くとも、しばしはかくておはしましなむ。すこしものの心おぼし知りなむにわたらせたまはむこそ、よくははべるべけれ」と聞こゆ。「夜昼《よるひる》恋ひきこえたまふに、はかなきものもきこしめさず」とて、げにいといたう面瘦《おもや》せたまへれど、いとあてにうつくしく、なかなか見えたまふ。「何か、さしもおぼす。今は世になき人の御ことはかひなし。おのれあれば」など語らひきこえたまひて、暮るれば帰らせたまふを、いと心細しとおぼいて泣いたまへば、宮うち泣きたまひて、「いとかう思ひな入りたまひそ。今日明日《けふあす》わたしたてまつらむ」など、かへすがへすこしらへおきて、出でたまひぬ。なごりもなぐさめがたう泣きゐたまへり。行《ゆ》く先の身のあらむことなどまでもおぼし知らず、ただ年ごろ立ち離るるをりなうまつはしならひて、今はなき人となりたまひにけるとおぼすがいみじきに、をさなき御ここちなれど、胸つとふたがりて、例のやうにも遊びたまはず、昼はさてもまぎらはしたまふを、夕暮《ゆふぐれ》となれば、いみじく屈《く》したまへば、かくてはいかでか過ぐしたまはむと、なぐさめわびて、乳母《めのと》も泣きあへり。

夜明け前に源氏が帰ったちょうどその日、同じく父宮も少女の所へやって来た。ここ数年尼君の邸は手入れが行き届かず風雨に曝されるままになっていたが、この日父宮が久しぶりに訪れてみると、《こよなう荒れまさり、広うもの古りたる所の、いとど人少なにさびしければ》と一層荒れ果てて侘しい住まいとなっていた。

父宮は邸の中をつくづくと見渡して、こんな寂しい所に取り残されて少女はさぞかし心細いことだろうと胸を痛める。《かかる所には、いかでか、しばしもをさなき人の過ぐしたまはむ。なほかしこにわたしたてまつりてむ》――やはり自分の邸に引き取るのが最善の方法だと判断し、その意向を女房たちに告げる。父宮はこれまでも少女の養育について気にかけてはいたが、北の方の住む邸に少女を引き取ることは決断しかねていた。《なほ》と付け加えたところに、少女の後見について揺れてきた父宮の心境が表れている。

実際に少女をこの邸から移すことになれば、乳母たちはどう処遇されるか心配だろう。馴染みのない一族の中に入っていかねばならない少女もきっと戸惑うに違いない。父宮は乳母たちの不安を打ち消すように、《何の所狭きほどにもあらず。乳母は、曹司などしてさぶらひなむ。君は、若き人々などあれば、もろともに遊びて、いとようものしたまひなむ》と述べる。《曹司》は部屋。乳母には部屋を用意するし、少女の遊び友達もいる、気兼ねすることは何もないと強調する。

父宮に呼ばれ少女が近くに寄ってくると、少女の着物から得も言われぬ香りが匂い立つ。父宮は思わず《をかしの御匂ひや》と感嘆する。源氏の移り香が残っていたことに父宮は気がつかない。少女の《御衣》は《いと萎えて》おり、その着古した着物に身を包んだ少女の姿は父宮の目に痛々しく映る。

これといった後見のない尼君には少女の着物を新調する余裕などなかったのだろう。少女をこんな目に合わせたくなかったから、父親である自分が引き取ると申し出ていたのだ。《かしこにわたりて見ならしたまへ》――幼いうちに移って北の方にも早く馴染んで欲しいと思っていたのに、尼君はなぜか《あやしう疎みたまひて》、申し出を受け入れようとしなかった。そのため北の方も尼君に対して《心置く》ようだったと語る。尼君のせいで北の方と少女が疎遠になったのだと言う。

結局少女の養育は心ならずも《あつしくさだすぎたまへる》尼君に任せっ切りになってしまった。少女をめぐって様々な軋轢《あつれき》があったために今まで引き取れなかったのだといきさつを語る。が、その弁解がましい口ぶりが、周りの思惑を気にして結局は少女のために何もしてこなかった父宮の、頼りがいのない姿を浮き彫りにする。

継母となる北の方の元に引き取るのに今は適当な時期ではないと父宮は思う。少女は新しい母に馴染むために尼君を恋い慕う気持ちを断ち切らねばならない。《かかるをりにしもものしたまはむも、心苦しう》と父宮が同情のことばを漏らすと、乳母は《何かは。心細くとも、しばしはかくておはしましなむ》と強い調子で反対する。

どんなに心細くともしばらくはこの邸にいる方が少女のためにはいいと乳母は思う。《おはしましなむ》と少女を立てた言い方をするが、自分たちこそがこの邸で少女を守っていくのだという気持ちを強意のことば《なむ》に込める。引き取られるのは《すこしものの心おぼし知りなむ》年頃になってからの方がいいのではないかと付け加える。乳母は、父宮が少女を連れ去るのを何とかして引き延ばしたい。

《夜昼恋ひきこえたまふに、はかなきものもきこしめさず》と、少女の受けた衝撃がいかに大きいかを乳母は語る。食べ物も喉を通らないほど悲しみにうちひしがれている少女を今、父宮の邸に移すことなどとてもできない。少女の憔悴の様子を父宮に何とかして伝えようとする。

確かに父宮の目に少女は《げにいといたう面痩せたまへれど》と見えるが、かえってそのやつれた姿が《いとあてにうつくしく》風情があるとも映る。父宮には少女の心の痛みが見えない。尼君の死をなかなか受け入れられない少女に、《何か、さしもおぼす。今は世に亡き人の御ことはかひなし》と、諭す。非力に見えた尼君がどれほど少女にとって大きな存在だったか、父宮には思いも及ばない。尼君が亡くなっても父親である自分がいるではないかと少女を慰めたくて、《おのれあれば》とことばをかける。

《おのれあれば》とことばは頼もしい。が、そのことばの重みを父宮は余り感じていない。《暮るれば帰らせたまふ》と、日が暮れると何事もなかったかのように帰り支度を始める。少女は《いと心細しとおぼいて》泣く。少女に泣かれて父宮も涙を誘われるが、《いとかう思ひな入りたまひそ》と言いきかせるだけで少女の傍らに留まろうとはしない。

ただ少女をこのままにして帰るわけにはいかないと思う。少女をなだめるために《今日明日わたしたてまつらむ》と《かへすがへす》言い含めてから少女の元を去る。今まで少女の養育を先送りにしてきた父宮も、少女の哀しみに触れてようやく事を急ぐ決心をするのだった。

父宮が帰ってしまうと寂しさが一層増す。少女は《なごりもなぐさめがたう》泣き続ける。

父宮に去られて、少女は頼るべき人のいない孤独な身の切なさが胸に迫ってくる。少女は自らの《行く先の身のあらむこと》を考えて嘆いているのではない。ただ、今までずっと《立ち離るるをりなうまつはしならひて》慕っていた尼君が、《今はなき人》となってしまい、もう決して会うことはできないと思うと悲しくてたまらないのだった。《をさなき御ここちなれど、胸つとふたがりて、例のやうにも遊びたまはず》と、悲しみに心が屈折する少女の姿が描かれる。危篤状態にあっても尼君の姿が見えているうちは明るさを失わなかった少女が、今初めて尼君の死という重い現実を突きつけられている。《胸つとふたがりて》ということばが少女の苦しみの深さを語る。

それでも日のあるうちは何とか気を紛らわして時をやり過ごしているが、夕暮れ時はひときわ侘しさが募る。少女は人恋しくて《いみじく屈したまへば》と、塞ぎ込む。少女の心が重苦しく閉ざされていく様子が「屈す」ということばから伝わってくる。少女の様子を見守っている乳母は《かくてはいかでか過ぐしたまはむ》と不安に襲われる。

生まれた時から我が子同然に愛情を注いできた少女が目の前でこんなに苦しんでいるのに乳母はどうすることもできない。少女を《なぐさめわびて》、途方に暮れた乳母は少女と共に泣く。父宮の前では強がりを言った乳母も少女を救う力はない。

乳母の立場

君の御もとよりは、惟光《これみつ》をたてまつれたまへり。「参り来《く》べきを、内裏《うち》より召《めし》あればなむ。心苦しう見たてまつりしも、しづ心なく」とて、宿直人《とのゐびと》たてまつれたまへり。「あぢきなうもあるかな。たはぶれにても、もののはじめにこの御ことよ。宮きこしめしつけば、さぶらふ人々のおろかなるにぞさいなまむ。あなかしこ、もののついでに、いはけなくうち出できこえさせたまふな」など言ふも、それをば何ともおぼしたらぬぞ、あさましきや。少納言は、惟光《これみつ》にあはれなる物語どもして、「あり経《へ》て後《のち》や、さるべき御宿世《すくせ》のがれきこえたまはぬやうもあらむ。ただ今は、かけてもいと似げなき御ことと見たてまつるを、あやしうおぼしのたまはするも、いかなる御心にか、思ひ寄るかたなう乱れはべる。今日も宮わたらせたまひて、『うしろやすくつかうまつれ、心をさなくもてなしきこゆな』とのたまはせつるも、いとわづらはしう、ただなるよりは、かかる御すきごとも思ひ出でられはべりつる」など言ひて、この人もことあり顔《がほ》にや思はむ、など、あいなければ、いたう嘆かしげにも言ひなさず。大夫《たいふ》も、いかなることにかあらむと、心得がたう思ふ。参りて、ありさまなど聞こえければ、あはれにおぼしやらるれど、さて通ひたまはむも、さすがにすずろなるここちして、軽々《かるがる》しうもてひがめたると、人もや漏《も》り聞かむなど、つつましければ、ただ迎へてむとおぼす。御文《ふみ》はたびたびたてまつれたまふ。暮るれば、例の大夫《たいふ》をぞたてまつれたまふ。「さはることどものありて、え参り来《こ》ぬを、おろかにや」などあり。「宮より、明日《あす》にはかに御迎へにとのたまはせたりつれば、心あわたたしくてなむ。年ごろの蓬生《よもぎふ》を離《か》れなむも、さすがに心細う、さぶらふ人々も思ひ乱れて」と、言少《ことずく》なに言ひて、をさをさあへしらはず、もの縫ひいとなむけはひなどしるければ、参りぬ。

源氏は惟光に手紙を託し《参り来べきを、内裏より召あればなむ。心苦しう見たてまつりしも、しづ心なく》と言って遣る。男は女と契ったら三日間は女の元へ通うのが結婚のしきたりである。自分が結婚の礼儀を欠けば乳母がどれほど失望するかよくわかるので、《参り来べきを》と通えないことを詫びる。礼儀はさておき、少女が心細さに耐えきれず一夜を泣き暮らすかと思うと側にいてやれないのが心苦しい、そう思い代わりの宿直人として惟光を差し向けたのだった。

父宮が去り、後に残された少女と邸の人々は侘しい思いで夜を迎えていた。そこへ源氏の元から惟光が遣わされる。昨夜源氏は少女の寝所で夜を明かしているので、乳母から見れば源氏は少女の結婚相手である。乳母は源氏本人が通って来ないことに落胆する。《あぢきなうもあるかな。たはぶれにても、もののはじめにこの御ことよ》と語気も荒く源氏のやり方をなじる。少女が軽くあしらわれたと感じて源氏への不信感を募らせる。父宮が源氏のこういう扱いを知ったら、《さぶらふ人々のおろかなるにぞさいなまむ》――きっと自分たちの手落ちを咎めるだろう。

源氏のことは決して父宮の耳に入れてはならないと乳母は思う。父宮の前で少女がうっかり源氏のことを口にするようなことがあっては大変だ、乳母は少女に《あなかしこ、もののついでに、いはけなくうち出できこえさせたまふな》と固く口止めする。しかし、少女には乳母の忠告の意味がわからない。《それをば何ともおぼしたらぬぞ、あさましきや》と語り手が、少女の幼さを嘆いて乳母の心中を代弁する。

少納言（乳母）は惟光を相手に、悲しい境涯に陥ってしまった少女の行末を嘆く。こういう時に源氏が手を差しのべてくれるのはありがたいし、《あり経て後や、さるべき御宿世のがれきこえたまはぬやうもあらむ》――先へ行けば少女は源氏と結ばれることもあるかもしれない、だが今のところは、少女が結婚することなど《かけてもいと似げなき御こと》と思うので、源氏の申し出が《いかなる御心にか》量りかねている。乳母はこれまでも度々尼君が源氏に述べてきたことばを繰り返す。乳母は、源氏が少女との結婚になぜこだわるのか理解できずに悩む自らの心境を、《思ひ寄るかたなう乱れはべる》と惟光に打ち明ける。

それに自分たちは、尼君亡き今は少女の後見人である父宮の指示を仰がなければならない。今日も父宮がやって来て《うしろやすくつかうまつれ、心をさなくもてなしきこゆな》と厳しく言い置いていったところだ。子供っぽい少女だからと言って油断してはならぬ、男を近づけないようにというのである。乳母は源氏の件が心に掛かっていたので、父宮の忠告が《いとわづらはしう》感じたとこぼす。忠告を受けて改めて源氏の《御すきごと》も以前より気になるのだと言う。

しかし、惟光は前夜の源氏の振舞を知らない。源氏と少女が形の上にせよ結ばれたことを、惟光も《ことあり顔》に察するのではないかと乳母は内心警戒する。耳ざとい惟光に悟られるのは具合が悪い。乳母は源氏が通ってこなかったことを《いたう嘆かしげにも》言わないようにする。さすがの惟光も今回ばかりは蚊帳の外に置かれていて、源氏と少女のことは《いかなることにかあらむ》と事情がのみ込めない。

源氏の元に帰って惟光が様子を報告する。源氏は惟光の話を聞くにつけても少女のことが気になって仕方がない。気持ちは今すぐにでも少女の側に飛んでいきたい、だが一方で、少女を恋の相手として毎夜通うというのも《さすがにすずろなるここち》がするし、他人の目に奇異に映るということもわかっている。

事が世間に漏れたら身分にふさわしくない、軽々しい振舞だと非難されるに違いない。源氏は様々な点から考えて、《ただ迎へてむ》という結論に達する。煩しい手続きは省いて一刻も早く少女を引き取ろう、自分にはその道しか残されていない。迷いをふっ切った源氏の心の勢いが《ただ》ということばに籠る。

その日一日源氏は絶え間なく手紙を書いてせめてもの気持ちを届ける。日が暮れるとまた

《例の大夫》――惟光を遣わして、《さはることどものありて、え参り来ぬを、おろかにや》とことばを伝える。《おろかに》はおろそかにの意。少女への誠意を疑われているのではないかと、やはり源氏は自身が出向かなかったことを気にしている。

惟光が訪ねてみると少女の邸では事が急展開していた。《宮より、明日にはかに御迎へにとのたまはせたりつれば、心あわたたしくてなむ。年ごろの蓬生を離れなむも、さすがに心細う、さぶらふ人々も思ひ乱れて》と、乳母はそれだけ言うと慌しげに引越しの準備に戻る。

少女がいよいよ明日父宮に引き取られていく。荒れた《蓬生》とはいえ長年住み慣れた邸を遂に引き払う時が来たのだ。少女の心細さは言うまでもない。が、主人の住まいが変わることで離散してしまう人々の無念も一通りではない。最後まで残って少女の世話をしてきた女房をはじめ使用人たちの悲しみが《さぶらふ人々も思ひ乱れて》という乳母のことばから伝わってくる。

父宮に強気なもの言いをしていた乳母も、主人である少女の後見人の命令とあれば従わざるを得ない。乳母たちは何はさておき少女の着物を新しく用意する。惟光の相手もそこそこに縫い物に追われる乳母たちの姿が、《もの縫ひいとなむけはひなどしるければ》と惟光の目を通して描かれる。なす術《すべ》もなく惟光は帰途につく。少女の運命が大きく変わろうとしていた。

決行

君は大殿《おほいとの》におはしけるに、例の、女君《をんなぎみ》とみにも対面《たいめん》したまはず。ものむつかしくおぼえたまひて、あづまをすががきて、「常陸《ひたち》には田をこそ作れ」といふ歌を、声はいとなまめきて、すさびゐたまへり。参りたれば、召し寄せてありさま問ひたまふ。しかしかなど聞こゆれば、くちをしうおぼして、かの宮にわたりなば、わざと迎へ出でむも、すきずきしかるべし、をさなき人を盗み出でたりと、もどきおひなむ、そのさきに、しばし人にも口固《くちがた》めて、わたしてむとおぼして、「暁《あかつき》かしこにものせむ。車の装束《さうぞく》さながら、随身《ずいじん》一人《ひとり》二人《ふたり》仰せおきたれ」とのたまふ。うけたまはりて立ちぬ。

君、いかにせまし、聞こえありてすきがましきやうなるべきこと、人のほどだにものを思ひ知り、女の心かはしけることと、おしはかられぬべくは、世の常なり、父宮の尋ね出でたまへらむも、はしたなう、すずろなるべきをと、おぼし乱るれど、さてはづしてむはいとくちをしかべければ、まだ夜深う出でたまふ。女君、例のしぶしぶに、心も解けずものしたまふ。「かしこに、いと切《せち》に見るべきことのはべるを、思ひたまへ出でてなむ。立ちかへり参り来《き》なむ」とて、出でたまへば、さぶらふ人々も知らざりけり。わが御かたにて、御直衣《なほし》などはたてまつる。惟光《これみつ》ばかりを馬に乗せておはしぬ。

一昨夜少女の邸を出てから女の家に立ち寄るが会ってもらえず、間の悪い思いで源氏は自邸の二条の院に帰った。少女への愛を燃焼できず心も晴れやらぬまま妻の待つ大殿の邸を訪れる。《例の、女君とみにも対面したまはず》と、いつものことながら女君の対応は源氏にとって不愉快でならなかった。夫に対して素直になれない女君の固さが《対面》という言い方から伝わってくる。

源氏は夫に心を許そうとしない女君の頑なな意志を感じて《ものむつかしく》思う。しっくりいかない妻だがそれでも夫婦の交わりを求めてやって来たのに冷や水を浴びせられて源氏はおもしろくない。やり場のない気持ちを紛らわそうと《あづま》琴を傍らに引き寄せて軽く掻き鳴らしつつ歌を口ずさむ。《常陸には田をこそ作れ》と《声はいとなまめきて》歌う。艶のある美しい声は女君の耳に向けられている。

「常陸には　田をこそ作れ　誰をかね　山を越え　野をも越え　君が　雨夜来ませるや」という歌詞で、田作りに忙しいのに誰を目当てに野越え山越えわざわざ雨夜にやって来たのかと女が問う歌。会おうとしない女君の気持ちを歌いながら、せっかく会いに来たのに素直に迎えてくれないことをなじったのである。

そこへ少女の家から戻った惟光はそのまま大殿の邸にやって来る。近くに呼び寄せて様子を問いただすと惟光は事の次第を一部始終詳しく報告する。父宮が明日少女を迎えに来るというのだ。それを聞いた源氏は《くちをしう》感じる。せっかく辛抱強く申し入れをしてきた矢先にすべてがふいになってしまう。

《かの宮にわたりなば、わざと迎へ出でむも、すきずきしかるべし、をさなき人を盗み出でたりと、もどきおひなむ》——父宮に引き取られてしまってからでは、正式に結婚を申し入れるにせよ、強引に会うにせよ、世間の人が何というか、源氏の頭の中を《をさなき人を盗み出でたり》という世間の《もどき》のことばが駆けめぐる。世間の常識の壁は厚い。少女を迎える道は完全に閉ざされてしまうだろう。

そうなることがわかっているのに、父宮が引き取っていくのを黙って見過ごすことなどどうしてできようか。源氏は遂に重い決断をする。《そのさきに、しばし人にも口固めて、わたしてむ》——父宮が連れて行く前に少女を連れ出そう、女房たちに口止めすれば事が漏れる心配はない。

心が決まれば行動は早い。《暁かしこにものせむ。車の装束さながら、随身一人二人仰せおきたれ》と夜が明ける前に少女の邸に向かうつもりで、乗り物の手配なども細かく指示する。主人の決断を即座にのみ込み、惟光は準備にとりかかる。

惟光に命令を下して決行に大きく一歩を踏み出したものの、《いかにせまし》と源氏の心は揺れる。《聞こえありてすきがましきやうなるべきこと》と、世間に知れた時幼い少女への異常な恋のように噂されるのがやはりつらいのだ。せめて相手の女が《人のほどだにものを思ひ知り》、女の方も《心かはしけること》と思われるような年頃なら、互いの気持ちが通じ合ってのことと見なされよう。男が密かに女を連れ出したにしても《世の常》と世間にも受け入れられる。源氏は、少女が幼いということが今さらながら壁になっていることを感じる。

源氏が連れ去ったことが後で父宮に知られた場合《はしたなう、すずろなるべきを》と源氏は悩む。父宮はすでに引き取るつもりで動いている。それを承知で連れ出すのである。どんな言い訳も許されない。自分を難しい立場に追いやることになるかもしれない。その覚悟はできているのか、源氏の心は乱れる。しかしこの機会を逃したら少女とは二度と会えないかもしれない。そんなことになったらいくら後で悔やんでも悔やみ切れない。やはり迷わずに決行しよう。まだ夜明けには間があったが暗いうちに出ることにする。

女君は源氏と一つ部屋にいながら、《例のしぶしぶに、心も解けずものしたまふ》という有様で夫婦は冷え冷えとした夜を過ごしていた。源氏は《かしこに、いと切に見るべきことのはべるを、思ひたまへ出でて》、急に今から出かけなければならなくなったと女君に告げる。《立ちかへり参り来なむ》と夫らしい挨拶を妻に述べることも忘れない。

《さぶらふ人々》――お付きの女房たちにも知られずに、自分の部屋で密かに《御直衣》などを身につけて外出の仕度を整える。惟光だけを馬に乗せて供に従え少女の邸に向かう。

門《かど》うちたたかせたまへば、心も知らぬ者の開《あ》けたるに、御車をやをら引き入れさせて、大夫《たいふ》、妻戸《つまど》を鳴らしてしはぶけば、少納言聞き知りて、出で来たり。「ここに、おはします」と言へば、「をさなき人は御殿籠《とのごも》りてなむ。などか、いと夜深うは出でさせたまへる」と、もののたよりと思ひて言ふ。「宮へわたらせたまふべかなるを、そのさきに聞こえ置かむとてなむ」とのたまへば、「何ごとにかはべらむ。いかにはかばかしき御答へ聞こえさせたまはむ」とて、うち笑ひてゐたり。君、入りたまへば、いとかたはらいたく、「うちとけて、あやしき古人《ふるひと》どものはべるに」と聞こえさす。「まだおどろいたまはじな。いで御目さましきこえむ。かかる朝霧を知らでは寝《ぬ》るものか」とて入りたまへば、「や」ともえ聞こえず。君は何心もなく寝たまへるを、抱《いだ》きおどろかしたまふに、おどろきて、宮の御迎へにおはしたると、寝おびれておぼしたり。御髪《ぐしか》掻きつくろひなどしたまひて、「いざ、たまへ。宮の御使にて参り来つるぞ」とのたまふに、あらざりけりと、あきれて、恐ろしと思ひたれば、「あな心憂《う》。まろも同じ人ぞ」とて、かき抱《いだ》きて出でたまへば、大輔《たいふ》、少納言など、「こはいかに」と聞こゆ。「ここには、常にもえ参らぬがおぼつかなければ、心やすき所にと聞こえしを、心憂くわたりたまふべかなれば、まして聞こえがたかべければ。人ひとり参られよかし」とのたまへば、心あわたたしくて、「今日はいと便なくなむはべるべき。宮のわたらせたまはむには、いかさまにか聞こえやらむ。おのづからほど経て、さるべきにおはしまさば、ともかうもはべりなむを、いと思ひやりなきほどのことにはべれば、さぶらふ人々苦しうはべるべし」と聞こゆれば、「よし、後《のち》にも人は参りなむ」とて、御車寄せさせたまへば、あさましう、いかさまにと思ひあへり。若君も、あやしとおぼして泣いたまふ。少納言、とどめきこえむかたなければ、昨夜《よべ》縫ひし御衣《ぞ》どもひきさげて、みづからもよろしき衣《きぬ》着かへて乗りぬ。

邸の門をたたかせると人が出てくる。事情を知らないのか、戸を開ける。そのすきにそっと車を引き入れる。首尾よく邸の中に入れた。惟光が寝殿の妻戸をたたいて咳払いをする。少納言は惟光だと察して部屋から出て来る。

惟光が《ここに、おはします》と言えば、言葉遣いから主人の源氏が今この邸を訪ねて来ているということが少納言には通じる。どこか女の所から帰るついでに立ち寄ったものと思い、《をさなき人は御殿籠りてなむ。などか、いと夜深うは出でさせたまへる》と少納言は尋ねる。男が女の家を出るのは空が白んでくる頃と決まっているのに、まだ暗いうちにどうしたのかと不思議に思ったのだ。源氏が少女を迎えに来たとは夢にも思わない。

源氏に残された時間は刻一刻と過ぎてゆく。少女を迎え取りたいと今切り出しても少納言は納得するはずがない。源氏は《宮へわたらせたまふべかなるを、そのさきに聞こえ置かむとてなむ》――少女に言っておきたいことがあるのだと答えて、立ち塞がる少納言をかわそうとする。源氏が《聞こえ置かむ》と言ったのを受けて、少納言は《何ごとにかはべらむ。いかにはかばかしき御答へ聞こえさせたまはむ》と応じる。《いかに》はどんなにかの意。

少女は幼くてとても源氏の相手になれないと言っていた少納言が、少女はさぞかし上手に返事をするだろうと言う。しかも《うち笑ひてゐたり》と笑みまで浮かべている。源氏に対して思わず冗談が口をついて出るほどこの夜の少納言は心に余裕が生じている。少女はもう間もなく父宮に引き取られていくことになっているので源氏が現れても慌てない。

すっかり気を許している少納言に構わず源氏は中に入る。部屋の中は年老いた女房たちが寝入っていて源氏を迎え入れるような状態ではない。少納言はただ困り果てて《うちとけて、あやしき古人どものはべるに》と言うばかりである。しかし、源氏には古女房たちの寝姿など全く目に入らない。少女の寝所に源氏は真っ直ぐに向かう。

《まだおどろいたまはじな。いで御目さましきこえむ。かかる朝霧を知らでは寝るものか》、そう語りかけながら少女の寝《やす》んでいる御帳台に入る。源氏の動きがあまりに素早く、少納言は《や》と声をあげて引き止める暇もない。一刻を争う源氏も寝入っている少女に対しては、《かかる朝霧を知らでは寝るものか》と情愛のこもったことばをかける。

少女が《何心もなく》寝ているのを源氏は懐に抱きかかえ起こす。少女は目を覚ますがまだ《寝おびれて》いて源氏に気づかない。父宮が迎えに来たものと思い込んでいる。源氏が少女の《御髪》を《掻きつくろひなど》して、《いざ、たまへ。宮の御使にて参り来つるぞ》と声をかけると、少女は《あらざりけり》と初めて父宮ではないことに気づく。怖がる少女に源氏は《あな心憂。まろも同じ人ぞ》と言う。少女をなだめるために言ったことばだが、少女を愛する気持ちは父宮にも負けないという思いが、《まろも同じ人ぞ》ということばに溢れている。源氏が少女を《かき抱きて》部屋を出ようとするので、慌てた世話役の大輔や少納言は、《こはいかに》と源氏を咎め立てする。

源氏はしかし落ち着いた態度で《ここには、常にもえ参らぬがおぼつかなければ、心やすき所にと聞こえしを、心憂くわたりたまふべかなれば、まして聞こえがたかべければ。人ひとり参られよかし》と、女房に反駁する。《おぼつかなければ》《わたりたまふべかなれば》《聞こえがたかべければ》と、理由を述べる時に言う「ば」を多用し、自分がこうした行動に出た理由を筋道立てて説き聞かせる。順序を踏んで申し入れをしてきたことが今無にされようとしている、自分は止むに止まれぬ思いから今宵の決行に踏み切ったのだと述べる。気ははやっているが頭は冷静に事を判断する。

少女を連れ出した後の混乱や不都合は充分予期し、女房にどう対処するか心づもりもできている。源氏はあたふたと後を追って来る女房に《人ひとり参られよかし》と短く言い渡す。

女房は気も動転して《今日はいと便なくなむはべるべき。宮のわたらせたまはむには、いかさまにか聞こえやらむ》と訴える。父宮が迎えに来た時少女の行方が知れないということになったら、自分たちの立場をいったいどう釈明したらいいのか、女房にとっては考えただけでも恐ろしいことである。

女房は続ける。《おのづからほど経て、さるべきにおはしまさば、ともかうもはべりなむを、いと思ひやりなきほどのことにはべれば、さぶらふ人々苦しうはべるべし》——仕える者の苦衷を察して欲しいと懇願する。《思ひやりなき》は思慮分別ができない意。こんなに唐突なやり方では思案のしようがないと源氏を責める。少女を連れ去ろうとする源氏に追いすがり、必死に訴える女房のことばに、自分たちの立場が苦しくなることへの不安は述べられているが、源氏に引き取られていく少女の身を案じることばはない。

女房に苦しい立場を訴えられても今は時間がない。源氏は《よし、後にも人は参りなむ》と女房を突き放す。今日は誰も来なくてよいと言い切る。そして少女だけを移そうと車を屋敷の出口に寄せさせる。

自分たちが泣き言を並べたくらいでは源氏の意志を翻させることは無理だと悟った女房たちは《あさましう、いかさまに》とうろたえる。源氏に抱きかかえられている少女も《あやし》と思い泣き出す。女房たちのただならない様子が少女を不安に陥《おとしい》れる。

泣く少女を一人源氏に預けてここに残ってなどいられようか。少納言は少女の泣き声を聞き、自身のなすべきことを即座に判断する。源氏を《とどめきこえむかたなければ》、自分はどこまでも少女について行こう、そう心に決めた少納言は、《昨夜縫ひし御衣どもひきさげて》、《みづからもよろしき衣着かへて》、少女の後を追い源氏の車に乗り込む。

二条の院へ

二条の院は近ければ、まだ明《あか》うもならぬほどにおはして、西の対《たい》に御車寄せて下《お》りたまふ。若君をば、いと軽《かろ》らかにかき抱《いだ》きておろしたまふ。少納言、「なほ、いと夢のここちしはべるを、いかにしはべるべきことにか」と、やすらへば、「そは心ななり。御みづからわたしたてまつりつれば、帰りなむとあらば、送りせむかし」とのたまふに、わりなくて下《お》りぬ。にはかに、あさましう、胸も静かならず。宮のおぼしのたまはむこと、いかになり果てたまふべき御ありさまにか、とてもかくても、たのもしき人々におくれたまへるがいみじさ、と思ふに、涙のとまらぬを、さすがにゆゆしければ、念じゐたり。こなたは住みたまはぬ対なれば、御帳《みちやう》などもなかりけり。惟光《これみつ》召して、御帳、御屏風《びやうぶ》など、あたりあたりし立てさせたまふ。御几帳《みきちやう》の帷《かたびら》引き下《お》ろし、御座《おまし》などただひきつくろふばかりにてあれば、東《ひむがし》の対に、御宿直物《とのゐもの》召しにつかはして、大殿籠《おほとのごも》りぬ。若君は、いとむくつけう、いかにすることならむと、ふるはれたまへど、さすがに声立ててもえ泣きたまはず。「少納言がもとに寝む」とのたまふ声いと若し。「今は、さは大殿籠《おほとのごも》るまじきぞよ」と教へきこえたまへば、いとわびしくて泣き臥したまへり。乳母《めのと》はうちも臥されず、

ものもおぼえず起きゐたり。

二条の院は近いので夜も明けきらぬうちに着くことができた。西の対の屋に車を寄せる。源氏は少女を《いと軽らかにかき抱きて》車から下ろす。《いと軽らかに》ということばが源氏の弾む心を伝える。

しかし少納言は、《なほ、いと夢のここちしはべるを、いかにしはべるべきことにか》と言ったまま降りるのをためらっている。こんなやり方で少女を連れ出してほしくなかったが、どうすることもできなくてここまで来てしまった。何ということだろう、今さらながらここにこうしていることが信じられない。

ぐずぐずしている少納言に、源氏は《そは心ななり。御みづからわたしたてまつりつれば、帰りなむとあらば、送りせむかし》と言い放つ。気持ちを切り換えることができない少納言に、降りるも降りないもそちらの気持ち次第だと突き放したのである。少納言が少女とこのまま別れるはずがないことは承知している、しかし源氏は決行に及んだ直後で気持ちが高ぶっている。少納言を思いやるゆとりはない。が、少納言は源氏にはっきりと言われて事態を悟る。《わりなくて》返すことばもなく、車から降りる。

やむなく車から降りたものの少納言は《胸も静かならず》と、胸の動悸が収まらない。事態のなりゆきを《にはかに、あさましう》と嘆く。父宮の《おぼしのたまはむこと》や、少女がこの先《いかになり果てたまふべき御ありさまにか》などと、気に掛かることが胸に渦巻く。父宮にはどんな叱責を受けるだろうか、この先少女にはどんなつらいことが待ち受けているのだろうか、そもそも《たのもしき人々》――母君や尼君に死に別れたのが運のつきだったのだ、そう思うと少納言は悲しくて涙が溢れかかる。しかし少女は源氏と結ばれて、新たな暮しを始めるのだ、そんな時に自分が涙を見せるのは《さすがにゆゆしければ》と思い直す。様々にかき乱れる心を押し隠し、《念じゐたり》と、こらえるのだった。

西の対の屋は普段使われていない場所らしくがらんとしている。御帳などの調度も用意されていない。源氏は惟光に命じて《御帳、御屏風など、あたりあたりし立て》させて、少女の部屋らしく整えていく。一つひとつ必要な調度をしつらえていく様子が《あたりあたりし》ということばからうかがえる。あとは《御几帳の帷》を引き下ろしたり、《御座》などを整えたりすればよいばかりになった。

源氏はいつも使っている東の対の屋に《御宿直物》――夜着を取りに遣る。そしてその夜から新しくしつらえられた部屋で少女と共に寝む。しかし少女は、源氏の傍らに臥していながらうちとけようとはしない。見も知らぬ屋敷の寝所で男の人と寝むのは《いとむくつけう》――怖くてならない。《いかにすることならむ》――源氏が自分をどうしようとするのか不安で身体が震えてくる。だが声を出して泣いてはいけないと、《さすがに》分別が働いて我慢する。けれどもここでじっとしていることに耐えきれない気がする。いつも側で見ていてくれる少納言が恋しい。少女の口をついて出た《少納言がもとに寝む》という声を聞けばまだ本当に子供だと源氏は思う。

しかし源氏は《今は、さは大殿籠るまじきぞよ》とたしなめる。《今は》の《今》ということばは未来も含めた現在を指して使われる。源氏は《今は》と言って、源氏との暮らしに慣れるよう少女に教えようとする。だが少女は源氏に突き放されると急に寂しさが募ってくる。抑えていた気持ちをこらえきれなくなり、泣き出してしまう。少納言も《うちも臥されず、ものもおぼえず》と、茫然自失の状態でじっと一処に座ったまま一夜を明かす。

明けゆくままに見わたせば、御殿《おとど》のつくりざま、しつらひざま、さらにもいはず、庭の砂子《すなご》も玉を重《かさ》ねたらむやうに見えて、かかやくここちするに、はしたなく思ひゐたれど、こなたには女などもさぶらはざりけり。疎《うと》き客人《まらうと》などの参るをりふしのかたなりければ、男どもぞ御簾《みす》の外《と》にありける。かく、人迎へたまへりと、ほの聞く人は、「誰ならむ。おぼろけにはあらじ」と、ささめく。御手水《てうづ》、御粥《かゆ》など、こなたに参る。日高う寝起きたまひて、「人なくてあしかめるを、さるべき人々、夕《ゆふ》つけてこそは迎へさせたまはめ」とのたまひて、対に童女《わらはべ》召しにつかはす。「小さき限り、ことさらに参れ」とありければ、いとをかしげにて、四人参りたり。君は御衣《ぞ》にまとはれて臥したまへるを、せめて起こして、「かう、心憂くなおはせそ。すずろなる人は、かうはありなむや。女は心柔《やはら》かなるなむよき」など、今より教へきこえたまふ。御容貌《かたち》は、さし離れて見しよりも、いみじうきよらにて、なつかしううち語らひつつ、をかしき絵、遊びものども取りにつかはして見せたてまつり、御心につくことどもをしたまふ。やうやう起きゐて見たまふに、鈍色《にびいろ》のこまやかなるが、うち萎《な》えたるどもを着て、何心なくうち笑《ゑ》みなどしてゐたまへるが、いとうつくしきに、われもうち笑まれて見たまふ。東《ひむかし》の対にわたりたまへるに、立ち出でて、庭の木立《こだち》、池の方《かた》などのぞきたまへば、霜枯れの前栽《せんざい》、絵に描《か》けるやうにおもしろくて、見も知らぬ四位五位こきまぜに、隙《ひま》なう出で入りつつ、げにをかしき所かなとおぼす。御屏風どもなど、いとをかしき絵を見つつ、なぐさめておはするもはかなしや。

いつの間にか夜がしらじらと明ける。少納言は辺りを見渡して、ここはあの荒れ放題の大納言邸ではない、今を時めく源氏の邸だったと気が付く。《御殿のつくりざま、しつらひざま》は言うに及ばず、すべてがたとえようもなく美しい。見も知らぬ別世界へ来てしまったのだとしみじみ思う。

少納言の目には《庭の砂子も玉を重ねたらむやうに見えて、かかやくここちするに》と、庭に敷き詰められた砂までがまぶしく映る。自分のような女がいる所ではないと思い、恥ずかしくてならない。だが自分に気づく女房が誰もいないのでほっとする。

ここは客を通す時だけに使われていた部屋らしい。庭番や守衛の男たちが御簾の外にちらつくのが見える。主人はいよいよ女君を迎えたらしいと噂を耳にした男たちが《誰ならむ、おぼろけにはあらじ》とひそひそしゃべっているのが聞こえる。《おぼろけにはあらじ》は並み一通りではあるまいの意。《御手水》や《御粥》がこちらに運ばれ、少納言は早速少女の洗顔や食事の世話で一人動き回る。

源氏は日も高くなってから《寝起きたまひて》——眠りから覚めて床から起き出す。起きると《人なくてあしかめるを、さるべき人々、夕つけてこそは迎へさせたまはめ》と少納言に指示する。少女の世話をする女房が少納言一人ではたちゆかないことにすぐ気が付く。《夕つけてこそは迎へさせたまはめ》とわざわざ言ったのは、大納言家の女房たちを迎えるには父宮が帰った後の夕方の方が目立たないからである。そして源氏は東の対に控える童女を連れてくるよう、《小さき限り、ことさらに参れ》と命じて人を遣わす。やがて新調の着物に身を包んだ少女たちが四人揃って姿を現す。

しかし、少女は目覚めているのに起きてこない。《御衣にまとはれて臥したまへる》と床の中にいる。源氏は《せめて》起こしながら、《かう、心憂くなおはせそ》とたしなめる。かと思えば《すずろなる人は、かうはありなむや。女は心柔かなるなむよき》と冗談めかして諭す。《や》は反語。《すずろなる人》はいい加減な男の意。

源氏は今初めて少女の顔を間近に見る。少女の面差しは離れて見た感じよりずっと美しい。源氏は塞ぎ込んでいる少女に《なつかしううち語らひつつ》、気持ちを柔らげようとする。《をかしき絵、遊びものども》を東の対から取り寄せて見せる。少女が早く心を開くようにと願い、《御心につくことどもをしたまふ》と少女のために心を砕く。

少女は目の前の《をかしき絵》に釣られるように、《やうやう》起き出すと絵に見入る。少女は祖母の喪に服しているため濃い鈍色の着馴れた着物を重ね着にしている。絵を見ながら少女は《何心なくうち笑みなどしてゐたまへるが、いとうつくしきに》と、言うに言われぬ愛らしい笑みを浮かべる。源氏はその無邪気な笑顔に引き込まれ、《われもうち笑まれて見たまふ》と心をなごませる。

源氏が東の対の方に渡ったので、少女も立ち上がる。部屋の端近くまで行くと好奇心のままに庭の木立や池などをのぞく。少女の目には《霜枯れの前栽》が《絵に描けるやうにおもしろくて》と感じられる。立ち居振舞は幼いが、《霜枯れの前栽》を美しいと感じる感性をすでに持ち合わせている。屋敷の外には《見も知らぬ四位五位こきまぜに》《隙なう》行き交う男たちの姿が見える。黒や緋色の袍を身につけて正装した男たちが大勢出入りするのが少女には珍しい。

少女は《げにをかしき所かな》と感動する。源氏が言った通りここは素晴らしい所だと感じる。そして部屋の屏風などに描かれた《いとをかしき》絵を眺めて時を過ごす。

こうして少女は二条の院の暮らしに溶け込んでいく。そんな少女を語り手は《はかなしや》と語り、やはりまだたわいない子供だと強調する。

手習

君は二三日内裏《うち》へも参りたまはで、この人をなつけ語らひきこえたまふ。やがて本《ほん》にとおぼすにや、手習《てならひ》、絵《ゑ》などさまざまに書きつつ見せたてまつりたまふ。いみじうをかしげに書き集めたまへり。「武蔵野《むさしの》といへばかこたれぬ」と紫の紙に書いたまへる、墨つきのいとことなるを取りて見ゐたまへり。すこし小さくて、

ねは見ねどあはれとぞ思ふ武蔵野の
露分けわぶる草のゆかりを

とあり。「いで、君も書いたまへ」とあれば、「まだ、ようは書かず」とて、見上げたまへるが、何心なくうつくしげなれば、うちほほゑみて、「よからねど、むげに書かぬこそわろけれ。教へきこえむかし」とのたまへば、うちそばみて書いたまふ手つき、筆とりたまへるさまのをさなげなるも、らうたうのみおぼゆれば、心ながらあやしとおぼす。「書きそこなひつ」と恥ぢて隠したまふを、せめて見たまへば、

かこつべきゆゑを知らねばおぼつかな
いかなる草のゆかりなるらむ

と、いと若けれど、生《お》ひさき見えて、ふくよかに書いたまへり。故尼君のにぞ似た

りける。今めかしき手本習はば、いとよう書いたまひてむと見たまふ。雛《ひひな》など、わざと屋ども作りつづけて、もろともに遊びつつ、こよなきもの思ひのまぎらはしなり。

源氏は二、三日内裏へも参上せず、西の対に籠り切りである。《この人をなつけ語らひきこえたまふ》と、専ら少女の傍らで時を過ごす。

源氏は自分で《手習、絵など》を書いては、それを《本にと》——手本になればと少女に次々と見せていく。少女の元にはどれも手本になるような素晴らしい出来映えのものが集まる。少女はその中の一枚を手に取ってじっと眺める。

それは紫色の紙に《武蔵野といへばかこたれぬ》ということばが書かれた手習いの紙だった。「知らねども武蔵野といへばかこたれぬよしやさこそは紫のゆゑ」という古歌の一節が引かれている。「かこつ」は嘆く意。「武蔵野」に少女をたとえ、「紫」に藤壺をたとえる。少女を見れば藤壺が偲ばれてため息が出る、そんな屈折した心の一端を書きつけたものだった。少女は何のことかはっきりわからない。が、源氏の《墨つき》——筆跡が特に美しいので惹かれたのである。

そこにはまた小さな文字で脇の方に《ねは見ねどあはれとぞ思ふ武蔵野の露分けわぶる草のゆかりを》という少女に向けた歌が書かれてあった。「紫のひともとゆゑに武蔵野の草はみながらあはれとぞ見る」という古歌を踏まえている。源氏は、《武蔵野》の紫草への恋に苦しむ心を慰めてくれる、《ゆかり》の少女をいとおしく思う気持ちを歌に込める。少女を、心を分かちあう大切な人と思って偽らざる真情をほのめかす。

そして《いで、君も書いたまへ》と、返歌を促す。少女への呼びかけには親しみを込めて《君》ということばを使うが、少女は幼い。《まだ、ようは書かず》と言って源氏を見上げる。その眼差しが《何心なくうつくしげ》なので、源氏は思わず《うちほほゑみて》、少女の無心の反応を喜ぶ。が口調は生真面目に、《よからねど、むげに書かぬこそわろけれ。教へきこえむかし》とたしなめる。

源氏は、歌を詠みかけられた時は上手にできなくても返歌で応えるのが礼儀だと教える。少女は源氏に見られるのが恥ずかしく、《うちそばみて》返歌を書く。筆を持つ手つきの、たどたどしいながらも一生懸命な様子を一心に見つめる。《らうたうのみおぼゆれば》――何と愛らしい子なのだろう。源氏は少女の醸す不思議な魅力に心惹かれる。その気持ちをどう言い表していいのかわからず、《心ながらあやし》と戸惑うのだった。

少女は《書きそこなひつ》と、源氏の熱い視線を遮るように言うと、書いたものを袖で隠す。源氏の筆跡に刺激された後だけに少女は自分の字に納得がいかない。が、源氏は少女がどんな字を書いたのか見たいので《せめて》――言い聞かせて見ようとする。

《かこつべきゆゑを知らねばおぼつかないかなる草のゆかりなるらむ》と詠んで、少女は自分に向けられた源氏の関心に率直な疑問を投げかける。謎めいた源氏の歌に《いかなる草のゆかりなるらむ》と、自分のことばで真正面から応えたのである。筆跡も《いと若けれど、生ひさき見えて、ふくよかに書いたまへり》と源氏を満足させる。のびのびとした柔らかい字体は未熟さの中に才気のほとばしりが感じられる。まだ尼君の影響を受けて古風なところがあるが、一流の書を手本にすればもっと上達するだろうと、源氏は少女の才能に夢を膨らます。

手習いの後は雛あそびが待っている。少女は《わざと屋ども作りつづけて》と、西の対を模した豪華な御殿を幾つも作っては源氏と雛あそびに興ずる。源氏も我を忘れて少女と共に遊ぶ。少女と一緒にいる時だけは《こよなきもの思ひ》からも解放されるのだった。

二つの邸

かのとまりにし人々、宮わたりたまひて尋ねきこえたまひけるに、聞こえやるかたなくてぞ、わびあへりける。しばし人に知らせじと君ものたまひ、少納言も思ふことなれば、切《せち》に口がためやりたり。ただ、行方《ゆくえ》も知らず少納言が率《ゐ》て隠しきこえたる、とのみ聞こえさするに、宮もいふかひなうおぼして、故尼君もかしこにわたりたまはむことを、いとものしとおぼしたりしことなれば、乳母《めのと》の、いとさし過ぐしたる心ばせのあまり、おいらかに、わたさむを便《びん》なしなどは言はで、心にまかせて、率《ゐ》てはふらかしつるなめりと、泣く泣く帰りたまひぬ。「もし聞きいでたてま

つらば、告げよ」とのたまふもわづらはしく、僧都《そうづ》の御もとにも尋ねきこえたまへど、あとはかなくて、あたらしかりし御容貌《かたち》など恋しく悲しとおぼす。北の方も、母君を憎しと思ひきこえたまひける心も失《う》せて、わが心にまかせつべうおぼしけるに違《たが》ひぬるは、くちをしうおぼしけり。

大納言邸に残された者たちはどうなったか。予定通り翌日宮は訪ねてきた。しかし少女と少納言がいない。行方を尋ねるが、女房たちは《聞こえやるかたなくてぞ、わびあへりける》と、当惑の色をにじませて互いに顔を見合わせている。

源氏には《しばし人に知らせじ》ときつく言い渡されていた。少納言自身もこのことは伏せておかなくてはならないと思ったので、《切に口がため》して出てきた。女房たちは少納言に言われたことは守らなくてはならないが、父宮にも言い訳をしなければすまされない。仕方がなくて《行方も知らず少納言が率て隠しきこえたる》ということだけを告げる。

少納言が連れ出したと聞いて、宮も《いふかひなう》とあきらめる。亡き尼君も少女が父宮の邸に移るのを《いとものし》と、ひどく嫌がっていた。それを知る少納言は《いとさし過ぐしたる心ばせのあまり》、仕える者の立場もわきまえず少女の行末を一人で決めてしまったのだ。そんな行動に走る前に穏やかに《わたさむを便なし》と申し出てくれればよかったのだ。それもせず《心にまかせて、率てはふらかしつるなめり》と、事の次第を推し量り合点する。

「はふらかす」は放り出すの意から転じて落ちぶれる意。

父宮は女房たちの弁を鵜呑みにする。少納言に連れ出されたとなればみなし子の少女は落ちぶれてどんな目に合うかわからない、そう思うとかわいそうで父宮は《泣く泣く》帰る。それでも帰り際に《もし聞きいでたてまつらば、告げよ》と女房たちに言いおく。しかし、父宮の言いつけも女房たちには《わづらはしく》思えるばかりである。

父宮は僧都の住む北山方面へも探りを入れてみたが、《あとはかなくて》行方は一向に知れない。父宮は少女の《あたらしかりし御容貌など》を思い出して、《恋しく悲しとおぼす》が、他に捜す当てもなくて沙汰止みとする。「あたらし」は惜しいの意。北の方も少女を引き取るに当たっては、少女の母への遺恨はさておき《わが心にまかせつべう》と、待っていたのが、当てがはずれて《くちをしうおぼしけり》ということだった。

やうやう人参り集りぬ。御遊びがたきの童女《わらはべ》、児《ちご》ども、いとめづらかに今めかしき御ありさまどもなれば、思ふことなくて遊びあへり。君は、男君《おとこぎみ》のおはせずなどしてさうざうしき夕暮《ゆふぐれ》などばかりぞ、尼君を恋ひきこえたまひて、うち泣きなどしたまへど、宮をばことに思ひ出《い》できこえたまはず。もとより見ならひきこえたまはでならひたまへれば、今はただ、この後《のち》の親をいみじう睦《むつ》びまつはしきこえたまふ。ものよりおはすれば、まづ出でむかひて、あはれにうち語らひ、御懐《ふところ》に入り

ゐて、いささか疎《うと》くはづかしとも思ひたらず、さるかたに、いみじくらうたきわざなりけり。さかしら心あり、何くれとむつかしき筋になりぬれば、わがここちもすこし違《たが》ふふしも出で来《く》やと、心おかれ、人もうらみがちに、思ひのほかのこと、おのづから出で来るを、いとをかしきもてあそびなり。女《むすめ》などはた、かばかりになれば、心やすくうちふるまひ、隔てなきさまに臥《ふ》し起きなどは、えしもすまじきを、これは、いとさまかはりたるかしづきぐさなりとおぼいためり。

一方、二条の院の西の対は元の女房たちが集まってきて次第に活気づく。少女の遊び相手に選ばれた《童女、児ども》は、少女と源氏の《いとめづらかに今めかしき御ありさまども》の楽しげな雰囲気に惹かれて夢中になって遊ぶ。少女の無邪気な振舞を源氏がにこやかに受け止める、そんな普通の家にはない睦まじさが子供たちには《いとめづらかに》映り、かえって《今めかしき御ありさまども》と感じられる。

少女は西の対を我が家と思い、源氏との暮らしにすっかり馴染む。源氏の深い愛情に包まれて、尼君を失った心の空洞も埋められる。ただ源氏の姿が消える《さうざうしき夕暮など》だけは、ふと寂しさに襲われ、そういう時は《尼君を恋ひきこえたまひて、うち泣きなどしたまへど》と、尼君に無性に逢いたくなり涙ぐむ。

しかし、たまに顔を見せていた父宮を思い出すわけではない。もともと父宮と暮らしたことがないので寂しさは感じない。今の少女にとって《この後の親をいみじう睦びまつはしきこえたまふ》と、《後の親》である源氏の存在がすべてであった。源氏になついて片時も側を離れようとはしない。源氏はすっかり少女の心をつかむ。

源氏が外出先から戻ると、少女は何はさておき《まづ出でむかひて》、《あはれにうち語らひ、御懐に入りゐて》と、そのまま源氏の胸に飛び込む。源氏の懐の中で少女はのびやかに振舞う。《いささか疎くはづかしとも思ひたらず》と、少しも恥ずかしがらない。普通の夫婦であれば人の目を意識してこんな振舞はできない。

しかし、源氏は妻とも子ともつかない少女の魅力を《さるかたに》――あるがままに受け入れ、《いみじくらうたきわざなりけり》と、いとおしむ。

《さかしら心あり、何くれとむつかしき筋になりぬれば、わがここちもすこし違ふふしも出で来やと、心おかれ》――源氏はふと他の女とのことが頭に浮かぶ。女と気持ちが食い違って煩わしい思いをすることが多い。けれども少女には、人の心を読んで妙に気を回す《さかしら心》というものがない。少女は真っ直ぐに自分の胸に飛び込んできてくれる。自分も自然に心を開いて少女を受け入れることができる。

源氏は少女との自然な心の触れ合いに慰められる。それは他の女では得られない。天真爛漫な少女は《いとをかしきもてあそび》として、かけがえのない人だ。少女が実の娘であってもこの位の年になれば、父親に《心やすくうちふるまひ、隔てなきさまに臥し起き》など気恥ずかしくてできないものだが、少女は父親のような自分に安心し切って心を開いてくれる。

源氏は少女とのこうした関係をどう言い表していいかわからない。が語り手は、少女は源氏にとって《いとさまかはりたるかしづきぐさ》には違いないと付け加える。

〈主な参考文献〉

『新潮日本古典集成　源氏物語一』　石田穣二　清水好子校注　新潮社　昭和五十一年
『源氏物語評釈　第二巻　桐壷・夕顔』　玉上琢弥　角川書店　昭和三十九年
『日本古典文学大系　源氏物語一』　山岸徳平校注　岩波書店　昭和三十三年
『日本古典全書　源氏物語一』　池田亀鑑校注　朝日新聞社　昭和四十三年
『源氏物語㈠』　岩波文庫　山岸徳平校注　岩波書店　昭和四十年
『完訳日本の古典14　源氏物語一』阿部秋生　秋山虔　今井源衛　鈴木日出夫校注　小学館　昭和五十八年
『源氏物語　湖月抄㊤』　講談社学術文庫　北村季吟（有川武彦　校訂）講談社　昭和六十三年
『日本国語大辞典』小学館　昭和五十一年
『旺文社　古語辞典』　旺文社　平成三年
『広辞苑　第二版』岩波書店　昭和四十九年
『明解　古語辞典』三省堂　昭和四十一年
『新明解　国語辞典』三省堂　平成六年
『国語科指導資料集　古典編』秋山虔監修　東京法令出版　昭和五十七年
『岩波　国語辞典』岩波書店　昭和五十三年
『源氏物語手鏡』新潮選書　清水好子、森一郎、山本利達　新潮社　平成二年
『服装から見た源氏物語』　近藤富枝　文化出版局　昭和六十三年

『平安建都一二〇〇年記念　甦る平安京』　京都市　平成六年
『國文学　後宮のすべて』　10月臨時増刊号　學燈社　昭和五十五年
『源氏物語を読むために』　西郷信綱　平凡社　昭和五十八年
『源氏物語　巻一』新潮文庫　円地文子訳　新潮社　昭和六十一年
『潤一郎訳　源氏物語　巻一』　中公文庫　谷崎潤一郎訳　中央公論社　昭和六十四年
『全訳　源氏物語　上』　角川文庫　与謝野晶子　角川書店　昭和四十六年
『わかむらさき――源氏物語の源流を求めて――』甲斐睦朗　明治書院　平成十年
『源氏物語図典』秋山虔・小町谷照彦編　小学館　平成十年

あとがき

「若紫」の巻は、病に苦しむ源氏が山寺を尋ねる場面から始まる。夕顔を失った衝撃から立ち直れないでいた源氏は、一人の愛らしい少女と出会うことによって生きる力を取り戻していく。この少女との出会いはその後の源氏の運命を大きく左右する。

しかし、源氏の心の奥底には「桐壺」の巻で芽生えた藤壺への恋が密かに燃え続けていた。源氏自身そのことを強く意識していて、少女を思わず見つめてしまうのは、《限りなう心を尽くしきこゆる人に、いとよう似たてまつれる》故と思い、涙ぐむ場面がある。

けれども原文を読んだ印象では、少女を初めて見た時からこの少女固有の存在感に源氏は圧倒されている。少女が物語に登場する場面をここにもう一度引用してみる。

中に十ばかりにやあらむと見えて、白き衣、山吹などのなれたる着て、走り来たる女子、あまた見えつる子どもに似るべうもあらず、いみじくおひさき見えて、うつくしげなる容貌なり。髪は扇をひろげたるやうにゆらゆらとして、顔はいと赤くすりなして立てり。（略）つらつきいとらうたげにて、眉のわたりうちけぶり、いはけなくかいやりたる額つき、髪ざし（髪の生えぎわ）、いみじううつくし。

目の前へ少女が走ってくるイメージがくっきりと浮かび、愛らしさが迫る。少女に惹かれ見つめる源氏の目を通して、私たち読者も胸の高鳴る思いで少女のイメージを追う。

この時、源氏の心を占めているのは目の前の少女の姿だけだ。前から順に場面を追って少女の像を描いていくと、源氏は少女自身の放つ輝きや香りに惹きつけられて見入っていることがよくわかる。源氏の目に映った少女のしぐさ、顔立ち、表情を一つひとつ、原文のことばで味わってみると、「藤壺に似た少女を見染め……」等と短くまとめてしまうことの怖さを改めて感じる。やはり一字一句原文にこだわって読んでいくしかないと思う。

源氏は少女への真摯な想いを忍耐強く尼君に訴えるが、尼君は源氏の考えをどうしても受け入れることができない。その間の源氏と尼君の葛藤は双方の視点から克明に描かれる。そして最後の場面に至る。尼君の死後孤児同然となった少女を、父宮が引き取りに来る前に源氏は自分の邸へ連れ去る。悩み抜いた末に、すべての事態を引き受ける覚悟で決行したのである。

この場面を源氏の「略奪」と紹介する文章を目にすることがある。けれどもこの場面に至るまでの源氏の想い、尼君の揺れ、少女の憧れ、父宮の頼りなさ、少納言の不安等々、様々な視点から描き出されてきた場面の重なりを思う時、誰か一人の視点に肩入れした読み方では『源氏物語』を読んだことにはならないように思う。源氏の行為が「略奪」という言い方でくくられてしまうのは大変悲しいことだ。

心理描写のみならず、情景描写や人物描写も必ず物語の世界を写し取っていく目がある。その視点を読み違えて、私たちは幾度となく袋小路に迷い込んだ。そんな時はいつの間にか、逐語訳調の平板な文章になっており、書いた自分たちが読んでも少しもイメージがわかなかった。苦しみつつ、そこから這い上がる時の重要な鍵となったのは、作者の用意してくれた視点を探るという方法だった。

互いに相手の厳しい批判の目に支えられながら、私たちもどうにか「若紫」の巻まで歩みを進めてきた。生き生きと子どもらしい時間を生きている少女を紹介するところまで来られて、本当にうれしい。ただ、読んで下さった方々に「若紫」の巻の魅力が十分伝えられたかどうか心もとないが、ご批判をいただければありがたいと思う。

平成十二年二月十五日

《著者紹介》
田中順子（たなか　じゅんこ）
1941年生まれ。
東京都立大学大学院国文専攻修士課程修了
現東京都立荒川工業高校教諭
江東区女性センター講師
講　演「よみがえる『源氏物語』― 夫婦
家族・恋―真木柱の巻を読む」
「『源氏物語』の中の紫の上―
明石の上と対比して」
現住所　東京都台東区６-14-５　高柳ビル402

芦部寿江（あしべ　ひさえ）
1944年生まれ。
東京都立大学人文学部卒業
元都内公立中学校教諭
現住所　東京都世田谷区松原1―34―16―502

イメージで読む源氏物語 Ⅲ

2000年３月25日　第１刷発行

著　者　田　中　順　子
　　　　芦　部　寿　江
発行者　斎　藤　草　子
発行所　一　茎　書　房
〒173-0001 東京都板橋区本町 37－1
電　話 03-3962-1354
FAX 03-3962-4310

印刷／平河工業社　製本／大口製本　ISBN4-87074-110-5 C0037